リケコイ。

喜多喜久

集英社文庫

目次

リケコイ。

◆原作者より、この本を手に取ってくださったあなたへ◆

この物語は、若者たちの失敗を描いたものである。

あらかじめ明記しておくが、このパートを書いている私は、本文中の視点人物である森《もり》氏ではない。私も物語に登場するが、その姿は森氏から見たものであり、可能な限り客観的に描写されている。照れ臭いので、「はは あ、きっとコイツだな」などと推理せずに、さらーっと読んでいただきたい。

以下、区別のために、『原作者より』のパート内では「私」と記載する。なお、本文の筆者は「私」ではなく、職場の同僚である喜多喜久氏だ。私は単なる一般人であり、さすがに原稿用紙数百枚の物語を書く能力はない。ということで、小説家として活躍している喜多氏に、同期入社のよしみという縁を声高に主張しつつ、やや強引に執筆をお願いした次第である。

読者の皆様の中には、「なぜ、物語を自分の視点で記述しないのか」と思われた方もおられるだろう。その理由は、この物語はあくまで森氏のために書かれるものだからである。大学院一年次〜二年次の二年間で森氏が経験したことは、彼を傷つけ、その後も長きにわたり苦悩を強いることとなった。森氏はその対価を受け取るべきだ。おそらく、それはこの本の印税の中から、取材協力費という形で彼に渡るはずである。

ただし、森氏に落ち度がないわけではない。被害者的な面は多分にあるが、ある面では明らかに加害者的に振る舞っており、それが若さゆえの愚行だったとしても、非難されるべきものだったと「私」は考える。「私」は森氏に少なからず肩入れしているが、彼を過度に弁護するつもりはない。むしろ、道化のように描写する場面もあるだろう。ありていに言えば、当時の彼は明らかにバカヤロウだった。

勘違いしないでほしいのは、森氏の失敗を広め、嘲笑《あざわら》うために物語の形でまとめるのではないということだ。この小説は、同じ轍《てつ》を踏んだ挙句、終わりの見えない苦しみを味わう人間をなるべく減らすために集英社文庫の棚に存在するのである。特に、女性との接点の少ない理系男子には必携の一冊となること請け合いだと自負している。

望んでもいないのに、どうしようもなく恋愛に巻き込まれる者が、科学の世界にはきっとたくさんいるはずだ。彼らを森氏のようなバカヤロウにはしたくない。

すべての理系の恋が正しく――後悔のない形で――成就されることを、「私」は願っている。

Chapter
1

1

二〇〇一年は、二十一世紀の始まりの年である。そして、九月に米国で発生した同時多発テロに象徴されるように、歴史の大きな転換点になった年でもあった。

教科書に載るような大事件と並べるのはいささか恐縮であるが、二〇〇一年は私の人生においてもまた、非常に強く脳裏に刻まれる一年となった。

すべてのきっかけとなった出会い——物語の始まりまでを、簡単に振り返っていこう。


私が東京にある某国立大学の農学部に入学したのは、一九九七年の四月のことだった。

私は、大変真面目な学生であった。そして、友人が極めて少なかった。いや、正直に告白するなら、友人と呼べるほど誰かと親しくなることができずにいた。

私は見知らぬ人間に話し掛ける度胸を有しておらず、講義の合間の休憩時間に、「誰か話し掛けてくれないかなー」とワクワクしながら、教室の端っこで寂しいオーラを放つのが関の山だった。

ところが、そんな内向的な連中は学内にわんさかいた。受け身の姿勢を取ることは、野原に寝そべり、切り株にウサギがぶつかるのを待つこととまったく同義であった。私はいわゆる「イケている」グループに声を掛けてもらうという幸運に与《あずか》ることができないまま、バラ色になるかもしれなかったキャンパスライフを空費していた。

三年生になり、そんな暗い日々に微《かす》かな光が差した。学生実習が始まったのだ。

月・水・金の午後に行われる学生実習は、有機化学、無機化学、分子生物学などの分野について、教科書に載っているような基礎的な実験を行うカリキュラムであった。科学的な素養を身につけさせるという看板が掲げられているが、要は四年生の時に所属する研究室を選ぶための場だった。学生実習の担当は各研究室の院生たちであり、彼らとの交流を通じて、その研究室が自分の好みに合致するか否かを見極めるのである。分かりやすく言えば、定期的に開かれるお見合いパーティのようなものだ。

学生実習では、農学部の全学生が苗字《みょうじ》順に五人ずつのグループに振り分けられた。このグループは一年間不変であったため、さすがの私も他のメンバーと多少は親しくなれた。実習の合間に冗談を飛ばしたり、クイズを出し合ったりするほどの仲である。この変化を迷いなく「革命」と呼ぶほど、当時の私は会話に飢えていた。

しかし、である。私と同級生との関わりは、学生実習の外までは広がっていかなかった。「学校は学校、プライベートはプライベート」という区別はすこぶる明確で、一年が過ぎ、学生実習が終わると、彼らと私の繋《つな》がりは夢のように消えてしまった。

懐かしき孤独を連れて四年に上がった私は、「天然物合成科学研究室」という研究室に入った。そこでは、自然界で発見された、複雑な構造の物質を人工的に作る研究が行われていた。面白そう！ と思ってくださった方は奇特である。天然物合成科学研究室は人気がなく、所属メンバーは少なかった。そして、私と共に実験の日々を過ごす同級生は一人もいなかった。

寂しさと付き合うのには慣れていた。実験に精を出すうち、あっという間に日々は流れ去り、私は大学卒業の日を迎えようとしていた。

二〇〇一年三月二十八日、水曜日。

ぽかぽかと暖かく、春の素晴らしさを高らかに謳《うた》うような、爽《さわ》やかな水色の空が広がる一日だった。どこに出しても恥ずかしくない、絶好の卒業式日和である。しかし、私は卒業式には出席しなかった。日取りを一日勘違いしていたからだ。

悲しいかな、それを指摘してくれる知り合いは誰もいなかった。卒業式が行われている頃、私は実験室で一人、フラスコを洗っていた。

化学反応によって生じた、黒カビのような得体のしれない汚れをブラシで必死にこすっていると、実験室のドアが控えめにノックされた。

「はーい。いま行きまーす」

私は洗い物を中断し、紙タオルで手を拭いてからドアを開けた。

試薬販売業者の人間、あるいは大学の事務員が訪ねてきたのだろうと思ったが、違った。廊下にいたのは、眼鏡《めがね》を掛けた、黒のパンツスーツ姿の見知らぬ女性であった。

「あの、こちらの研究室の方でしょうか」彼女は明らかに緊張していた。「私、四月からこちらでお世話になる者です。ご挨拶に参りました」

天然物合成科学研究室では、年に一人、交流のある某私大の四年生の卒業研究を引き受ける習わしがあった。そう。彼女は次年度の「お客さん」であった。

彼女の名は、羽生《はにゆう》といった。

私はその時、「あ、そ、そうですか、どうも」などと応じたように思う。すなわち、しどろもどろである。

羽生さんは私の一学年下であったが、スーツを着た女性と面と向かって話すというシチュエーションが、強烈に私を萎縮《いしゆく》させた。

それになにより、彼女は眼鏡を掛けていた。

告白しよう。私は、眼鏡の女性が大好きだ。

初恋は小学四年生の時分で、私が初めて好きになったクラスメイトの女の子は眼鏡を掛けていた。それ以降も、私が好きになる相手は必ず眼鏡女子であった。

おそらく、私は「眼鏡っ子萌《も》え」の遺伝子を持っているのだろう。この遺伝子が体内で活発に機能し、「眼鏡を掛けている女性を魅力的に見せる」脳内麻薬の分泌に貢献しているに違いない。

もちろん、眼鏡を掛けていれば誰でもいいというわけではない。そこには、言語化困難な、外見に対する別のフィルターがあるようだ。

ここで、羽生さんの容姿について簡単に述べておく。

身長は比較的高い方だ。一六〇センチ台の半ばくらいだろう。髪は肩甲骨に届く程度で、地毛だと言っても通じるであろう自然な茶色に染めていた。

顔つきの印象はいろんな意味で「マル」だった。輪郭は卵形で、鼻や頬や顎は適度に丸みを帯びていたし、眼鏡のフレームも丸っこかった。

それから、目が少し変わっていた。常にまぶたが三重になっていたのだ。「揉《も》んだり引っ張ったりすれば一時的に二重に戻るんですけど」といつか彼女は言っていたが、基本的にはいつも眠そうな顔に見えた。

2

二〇〇一年四月一日。新年度が始まり、私は大学院修士課程の一年生になり、そして、羽生さんが研究室にやってきた。

天然物合成科学研究室は、教授を始めとする三人のスタッフが常駐する教員室と、学生たちが実験を行う実験室の二部屋から構成されていた。学生の席は実験室にあり、羽生さんは私の隣になった。

「分からないことだらけですけど、よろしくお願いします」

簡単な顔合わせのあと、彼女は私の左隣に座った。実験室は横七メートル、縦五メートルほどの広さで、窓際に並べられた事務机の幅は一メートルちょっとしかなかった。手を伸ばせば触れられる位置に彼女がいる、という環境に私は緊張し、そして喜んだ。

ドキドキしている私のところに、助教授がやってきた。三十代半ばだった彼は、背こそ低いものの、手足はがっしりと太く、レスリング選手のような体形をしていた。肌はつやつやとしていて、キューピー人形のようなベビーフェイスの持ち主であった。

「羽生さんは、僕が指導することになったから。先輩としていろいろアドバイスしてあげてよ」

彼にそう言われた時、「あ、分かりました」と冷静に応じつつ、私は心の中で「いやっふぅ！」と喝采を上げていた。

研究室の学生には、必ず指導教員が付く。私と同様、羽生さんも助教授の下で研究を行うことになったのだ。

研究の世界には今も昔も、徒弟制度的な面がある。指導教員が師となって弟子である学生を教え導くのだが、一から十まで受け持つわけではなく、基礎的な部分については、上の者が下の者の面倒を見るのが一般的だ。すなわち、兄弟子である私が、新弟子である羽生さんのサポーターに任命されたのは、極めて自然な流れであった。

このお墨付きが効いた。

人生でほとんど女性と話したことのなかった私にとって、まだ二度しか会ったことのない羽生さんと喋《しゃべ》るのは、非常に心理的ハードルの高い行為であった。しかし、「先輩として、しっかり助けてあげねば」という暗示を掛けることで、私はこの試練を乗り越えた。丁寧語でなく、普通に話すことができたのも、この暗示のおかげであろう。

真新しい実験ノートに名前を記入している羽生さんに、「あのさ」と私は声を掛けた。

「よかったら、実験室の設備とか器具の置き場とか、簡単に教えておくよ」

「いいですか？　ぜひお願いします」

理想的な返事だった。私は羽生さんと共に実験室を一周し、フラスコが入れてある引き出しの場所や、ドラフトと呼ばれる局所排気装置の使い方、冷蔵庫内の試薬の配置などを説明した。

だいたいの説明を終えて元の席に戻った私は、「実験の話ばっかりじゃつまらないだろうな」という気遣いと、「もっと彼女のことを知りたいぞ」という思いの狭間にいた。

私の心臓が、内側から胸板を執拗《しつよう》にノックしていた。どこかの部族の祭りを思わせる、ドコドコドコと鳴り響く鼓動に促されるように、私は勇気を振り絞って顔を左に向け、ぱっと思い浮かんだ質問を口にした。

「羽生さんって、向こうで何かサークルに入ってるの？」

「あ、はい。女子サッカー部に」

思ってもみなかった回答に、私は「えっ」と固まった。

羽生さんは、腕や足を遠慮なく露出した、青や黄色や赤などの原色で構成されがちなユニフォームを着て、フィールドを駆け回っているというのか？

私が人工芝のグラウンドで躍動する彼女を想像したのと同時に、「といっても、マネージャーなんですけどね」と羽生さんは付け加えた。「私、運動ってあんまり得意じゃないんです」

フェイントであった。私は膨らみかけた妄想を握り潰し、「あ、そうなんだね」と笑った。きっと、かなりぎこちない表情になっていただろう。

「森さんは学部生の頃、何をされてたんですか」

「あ、その……サークルには入ってなくて」

「そうなんですか。勉強が忙しかったんですね」

「うん、まあ、そんなところだね」

と答えたが、これは嘘《うそ》であった。私は大学入学を機に、「ド」をつけるにやぶさかではないレベルの田舎から、たった一人で東京にやってきた。もちろん、学内に知り合いは誰もいない。サークルに対する憧れはあったが、私は結局、知らない人ばかりの集団に飛び込んでいく勇気を持つことができなかったのだ。

この臆病さが、ひょっとしたらありえたかもしれない、ステキなキャンパスライフから私を遠ざけたのであろうか。私は過ぎ去った学部生時代を思い出しながら、「やってみたかったことはあったんだけど……」と半ば独り言のように呟《つぶや》いた。

「興味のあるサークルがあったんですか？」

「えーっとね……」

正直に答えていいのだろうか。私は大いに戸惑った。

その当時、私が強い関心を抱いていたのは、マンガ・アニメといったサブカルチャーであった。

異性に縁のない、孤独を抱えた男子学生の多くがそうであるように、私もまた、大学に入ってからオタク文化にのめり込んだ。一、四、七、十月に始まるアニメの新番組をすべてチェックし、平日の真夜中に文化放送の声優のラジオを聞き、月に一度は秋葉原の中古CD店を巡ってアニメ関連のCDを漁《あさ》りまくっていた。

二〇一〇年代に入り、オタク文化はやや好意的に受け入れられるようになったが、その頃はまだ、目を覆いたくなるようなネガティブイメージしかなかった。「暗い、キモい、関わりたくない」の3Kで語られる、社会的弱者ポジションにいたのである。私は私なりに趣味を楽しんでいたが、さすがに、「アニメのサークルに入りたかったんだよ～アハハ」と言う度胸はなかった。

私は迷った末、「読書系のサークルかな。マンガとか、小説とか、好きだから」と答えた。アニメを外して小説を加えることで、「オタク色」を薄めようとしたのである。見苦しいことこの上ない。本当は、私が愛読していたのは、『魔術士オーフェン』シリーズや『ブギーポップは笑わない』シリーズといった、いわゆるライトノベルであった。

虚飾にまみれた私の答えを聞いて、羽生さんは「そうなんですね」と微笑《ほほえ》み、そして、驚愕《きょうがく》の一言を放った。

「私も結構好きなんです。マンガとか、あと、アニメとか」

「え、アニメ？」私は慌てて背筋を伸ばした。「例えば……？」

「そうですね。放送されたのはちょっと前ですけど、『エヴァンゲリオン』は全部見ました。知ってますか？」

無論である。むしろ熟知していた。日本アニメ界の金字塔である『新世紀エヴァンゲリオン』を知らぬオタクなどいるはずもない。サントラも主題歌ＣＤも、おまけに十八禁の同人誌も持っていた。

私は内なる興奮を必死で抑えて、「大学に入ってから再放送を見たよ。社会現象になったよね」と一般人ぶった賢《さか》しいコメントを口にした。

「ホントですか！　よかった、エヴァの話ができる人って、周りにいなくて」

羽生さんは大変グッと来ることを言ってくれた。私は猛烈に感動した。

「あれは、思春期に見るとすごく影響されるよね」

「そうなんです。ストーリーと演出がすごく良くって。人の心を打つというか、予想を裏切る展開に、何度も驚かされました」

羽生さんはしばし、エヴァの話を続けた。そこから自然に、会話は他のアニメの話題に移った。

彼女は日常的にアニメを視聴している人だった。ただ、羽生さんが口にするのは、例えば『スラムダンク』や『幽遊白書』や『美少女戦士セーラームーン』といった、ゴールデンタイムに放送されていたメジャーアニメであり、私が好きだった『おジャ魔女どれみ』や『カードキャプターさくら』とは微妙に掛け離れていたが、私はそれでも非常に幸せだった。

この会話が決定打となった。

以上のようにして、私は羽生さんに恋をしたのである。

3

四月が終わり、五月になった。連休が明ける頃には、羽生さんもすっかり研究室での生活に慣れていた。

彼女は月曜日は自分の大学に顔を出し、残りは天然物合成科学研究室で実験を行うという過ごし方をしていた。スーツだったのは挨拶にきた三月のあの一回だけで、普段は普通に私服を着ていた。スカートではなくジーンズを穿《は》いていることがほとんどで、動きやすいからという理由はもちろんだが、彼女自身、そういう格好の方が好きであるらしかった。

羽生さんと触れ合うようになって気づいたことが一つあった。

彼女は、非常に気持ちのいい、特級品の笑顔を作れる人だった。口角がしっかり上がり、下品にならない程度に歯と歯茎が見え、三重まぶたの目もちゃんと笑っていた。しかも、彼女はそのスペシャルな笑顔を出し惜しみしなかった。誰にとっても好ましい、明るい印象を振りまくことを厭《いと》わなかった。外部生でありながら、すんなり研究室に溶け込めたのも当然と言えるだろう。

出会いからひと月と少し。この頃、私が羽生さんとどんな雑談をしていたか、覚えている範囲でなるべく忠実に再現してみよう。


「羽生さんって、一人っ子？」

「いえ、姉がいます。五つ年上の」

「そうなんだ。お姉さんは、やっぱり理系？」

「じゃないんですよ。私と違って姉は科学は全然なんです。その代わりと言ってはなんですけど、英語が得意で。今はボストンで通訳の仕事をしています」

「すごいね、国際的だ」

「はい。自慢の姉なんです。あまり会えないのがちょっと寂しいですけど。森さんは、ご兄弟は」

「弟がいるよ。二歳下。今は、地元の大学に通ってる」

「そうなんですか。森さん、ご出身は……」

「三重だよ。といってもほとんど奈良だけど。羽生さんは？」

「私は東京です。今も両親と一緒に住んでいます」

とまあ、こんな感じであった。当たり障りのない、という評価が嫌になるほど当てはまる会話である。しかし、私は彼女と二人で喋れることに満足していたので、さらにプライベートに踏み込む質問を繰り出すことはなかった。

言ってみれば、瑞々《みずみず》しいオレンジの表面を撫《な》で、指に付いた香りを楽しんでいたようなものだ。むしろ、ナイフを持ち出してその果肉を味わうような野蛮な真似は慎むべきだと、そう考えていたような気がする。

実験室には実験台と呼ばれる作業スペースがあった。棚が付いた、横長のテーブルを想像してもらえればいい。幅は一メートル半、奥行きは八十センチくらいで、四つの実験台をくっつけて使っていた。隣り合わせ、向かい合わせに合計四人が作業する形である。天然物合成科学研究室の学生数はだいたいどの年も十人前後で、四つワンセットの実験台が三列、川の字を描くように、横並びに置かれていた。

指導する相手が近くにいた方がアドバイスしやすいし、事故も防げる。ということで、羽生さんには私の隣の実験台が割り当てられていた。

「カラムにシリカを詰めたら、このゴム管で横の辺りを叩《たた》くんだ。そうすると隙間がなくなって、もっと分離能が上がるから」

五月のある朝、羽生さんにシリカゲルカラムクロマトグラフィー（通称・カラム）のコツを伝授していると、髪に寝癖を付けた男が「森くん森くん！」と慌ただしく実験室に入ってきた。

「おはようございます、西岡《にしおか》さん」

私と羽生さんは声を揃《そろ》えて挨拶を返した。

西岡さんは、私の一学年上の先輩であり、銀縁の大きな眼鏡に、横幅が広くて目立つ鼻がトレードマークだった。彼はガリガリに痩せていて、チェックのシャツをよく着ていた。

「いやあ、どうですか最近は」などと言いつつ、西岡さんが私の肩を馴《な》れ馴《な》れしく叩いてきた。羽生さんは西岡さんに捕捉された私に気を遣って、「じゃあ、さっきのアドバイス通りにやってみますね」とカラムを始めてしまった。

私は心底落胆しながら、「何かあったら呼んでね」の一言を残し、西岡さんに押されるようにして窓際の自席に戻った。

「で、どうなんですか、森くん！」

何のことだ、と私は訝《いぶか》しく思った。まさか、羽生さんへの想いに気づかれてしまったのか。私は不穏な気配を感じつつ、「どうって、まあ、普通ですけど」と答えた。

「またまた。昨日の試合、見てないの」と西岡さんが私の二の腕をつついた。ああ、そのことか。私はため息をついた。

「見ましたよ。惜しい試合でしたね」

西岡さんは兵庫県出身で、熱烈な阪神ファンであった。幼少時は親に連れられ、小学校に上がってからは友達と共に、毎試合のように甲子園に通っていたという傑物だ。「川藤幸三《かわとうこうぞう》」と書かれたハンドタオルを愛用しており、そして、世の阪神ファンと同様に、読売ジャイアンツを執拗なほどに敵視していた。

一方、この頃の私は巨人を応援していた。といっても、野球場に足を運んだことは一度もなく、テレビで試合を見る程度のライトなファンだった。

西岡さんにとって、巨人の敗北ほど嬉《うれ》しい出来事はない。そのため、巨人がよくない負け方をした翌日には、必ず私のところにやってきて、いかに巨人がダメかを語るのを常としていた。ちなみにこの前日、巨人は広島カープに11対12という、実にもどかしいスコアで負けていた。

前のシーズン中は、「はいはいすごいですね」と適当にあしらいつつ、彼の話が終わるのを辛抱強く待っていたが、新世紀を迎えた私にそんな余裕はなかった。重要なのは羽生さんとのコミュニケーションであり、高橋尚成《ひさのり》がどれだけボコボコに打たれたかなんて話は、地面に掘った穴に向かって好きなだけ喋ればいいことだった。

「ということで、やっぱり巨人はダメですな。今年はウチの優勝ですよ」

西岡さんは、多くの阪神ファンがそうであるように、野球に関しては異様なほどのポジティブシンキングの持ち主だった。なお、この頃巨人は一位、阪神は最下位付近をさまよっていた。

「そうなるといいですね」

いかにも興味がないというように、私はシャーペンを回しながら答えた。早くこの会話を切り上げたくて仕方なかった。

私の祈りが通じたのか、西岡さんは「なんか森くん、元気ないなあ」と席を立った。ホッとしたのもつかの間、「はに丸さん、はに丸さん」と言いながら、西岡さんが羽生さんの方に近づいていくではないか。私は慌てて彼のあとを追った。

「はに丸さんは、どこのチームのファン？」

西岡さんは、バリバリ実験中の羽生さんに質問をぶつけた。羽生さんは作業の手を止め、「チームと言うと……」と困り顔を浮かべた。

「野球だよ野球。プロ野球。他に何があるっていうのさ！」

いや、サッカーとかバスケとかアメフトとか、他にも候補はたくさんあるやんけ！私は心の中でツッコミを入れてから、「あの、西岡さん。はに丸って……？」と、気になったことを尋ねた。

「そりゃもう、あれですよ。『おーい！はに丸』。見てたでしょ、森くんも」

やはりそれか。『おーい！はに丸』は、埴輪《はにわ》を模したキャラクターである「はに丸」

が、騒動を起こしながら言葉を学んでいくという幼児向けの教育番組で、私が子供の頃にＮＨＫ教育で放送されていた。「はに」という音の響きから、羽生さんのニックネームを思い付いたようだ。

羽生さんは笑っていたが、さすがに若干頬が引きつっていた。そのような奇妙な呼ばれ方をしたことより、さして親しくない相手から、センスの欠片《かけら》もないニックネームを贈られたことに困惑しているに違いなかった。「羽生さん、あの人はああいう人だから」とあとで伝えておこう、と私は心に決めた。

「で、どうなの。どこのチームを応援してるの」

西岡さんはずいっと羽生さんに詰め寄った。二人の距離は三十センチほど。近い。私は激しい憤りを覚えたが、それを表に出すわけにはいかなかった。そんなことをすれば、私が羽生さんに好意を持っていることがバレてしまう。

人見知りな私は、恋愛に対しても極めて臆病者であった。西岡さんに、「もしかして森くん、はに丸さんのことが好きなんじゃないのー。ひゅーひゅー」とからかわれるのが嫌だったのだ。お前は小学生か、と我ながら思う。

羽生さんは「そうですね……」と実験台に目を落とし、「強いて言うなら、巨人でしょうか」と答えた。

「えー、そうなの？　なんで巨人？」

「他のチームのことはあまりよく知らないので」

「なんだよー。つまんないのー」西岡さんはようやく羽生さんから離れた。「はに丸さんも我がタイガースの敵ということですな！　敵、認定っ！」

なぜか嬉しそうに「てき、てき、てき〜」と口ずさみながら、西岡さんは実験室を出ていった。災いが去ったことに、私は今度こそ安堵《あんど》した。

4

五月半ばのある金曜日。夕方、午後六時前。私は実験台の掃除をしつつ、羽生さんが分析室から戻ってくるのを待っていた。

羽生さんは外部生ということもあり、午後六時を目処《めど》に実験を切り上げることを義務付けられていた。彼女は実験熱心で、いつも六時近くまで研究室にいたので、私は毎日必ず、羽生さんに「お疲れさま」を言うことにしていた。

時計をちらちら見ながら、実験台にちらばった硫酸マグネシウムの粒を拭き取っていると、実験室のドアが開く音がした。

キタっ！

慌てず騒がず、偽りの余裕を持って顔を上げると、そこにいたのは羽生さんではなく、私の同級生の金田《かねだ》さんだった。

白い肌と明るいブラウンのショートカットが印象的な彼女は裸眼で、同じ建物の別の階にある研究室に籍を置いていた。

苗字が「か」と「も」なので、学生実習の班は、私とはまるで離れていた。さすがに顔は分かるが、それまで彼女と話をしたことは一度もなかった。

金田さんはドアを半分だけ開き、廊下から実験室内を覗《のぞ》き込《こ》んでいた。誰かを探しているようだ。私は実験台の前を離れ、「どうしたの？」と彼女に声を掛けた。

おや、なかなか社交的じゃないか、と思われただろうか？　正直に告白しよう。私はその時、羽生さんが戻ってきたあとのことを考えていた。同級生の女子と気さくに会話をしている私を見せつけ、「なかなか社交的な方だわ」と印象付けようと考えたのだ。なんという邪《よこしま》な作戦だろうか。我ながら呆《あき》れるばかりである。

金田さんは「ええっと」と実験室内を見回しながら、私の目の前にやってきた。彼女は、ストライプのシャツに、膝がはっきり見える長さの黒いスカートを穿いていた。

私は緊張していた。羽生さんと話すようになって多少は女性に慣れたが、こうして接近されると、途端に心拍数が上がった。

「ねえ森くん。涌井《わくい》さん知らない？」

金田さんはそう言うと、『ゲゲゲの鬼太郎』の猫娘を思わせる吊《つ》り目で私を見つめた。

彼女が結構なハスキーボイスの持ち主であることを、私はその時初めて知った。

涌井さんというのは、天然物合成科学研究室に籍を置いている、もう一人の修士二年生である。彼はいかにも女装が似合いそうな中性的な顔立ちをしていたが、意気軒昂《いきけんこう》な若手政治家のごとき、きりりとした眼差《まなざ》しの持ち主でもあった。学部生時代は剣道サークルの主将を務めていたそうで、文武両道を地で行くなかなかすごい人だった。

実験室を見回すが、『六甲おろし』を口ずさみながら実験をしている西岡さんがいるだけで、涌井さんの姿はなかった。

私は頭を掻《か》き、「たぶん、教員室じゃないかな」と答えた。一時間ほど前に教授に声を掛けられ、涌井さんは実験室を出ていっていた。おそらく、研究内容についてのディスカッションだろう。そう説明すると、彼女は「そっか」と寂しそうに呟いた。

「用があるなら、ここで待ってたらいいよ」と私は言った。羽生さんはまだ戻ってこない。女子に親切にする姿を見てもらうために、金田さんにはもうしばらくここにいてもらいたかった。

「でも、あんまり大っぴらにすると、向こうが嫌がりそうだしな……」金田さんは小声で言い、上目遣いに私を見上げた。「森くんは、その、知ってるの？」

「知ってる？　いや、よく分からないけど」

私はどぎまぎしながら答えた。金田さんはいつの間にか私のすぐ近くににじり寄っていた。具体的に述べるなら、相手にリバーブローを叩き込むのに最適な距離であった。

「……うーん、ま、いっか。そのうち分かることだし、変に噂《うわさ》になるのも嫌だし。実はね、私、涌井さんと付き合い始めたんだ」

金田さんはさして迷う様子もなくそう打ち明けた。予期せぬ告白に、私は「はあ」と「へえ」のちょうど中間、英語の Hair に限りなく近い発音の感嘆をもって応《こた》えた。

「待ち合わせて一緒に帰るつもりだったんだけど、時間になっても来ないから、どうしたのかなって」と、金田さんは首をかしげた。

私は戸惑っていた。知人のカノジョという称号を掲げる相手とどう接すべきか、まるで経験がなかったからだ。

そこで、廊下からドアの開閉音が聞こえてきた。教員室は隣だ。「あ、戻ってきたかも」と私が言うのと同時に実験室のドアが開き、涌井さんが姿を見せた。

彼は金田さんに目を留め、「なんでここにいるんだよ」とぶっきらぼうに言った。が、その口元は緩んでいた。

「だって、玄関のところにいなかったから」

さっきまでのハスキーボイスと一線を画す甘ったるい声で言い、金田さんは小走りに涌井さんの元に向かった。

涌井さんは仔犬《こいぬ》のようにまとわりついてくる彼女を「ちょっと待ってろよ」とクール

にあしらい、白衣を脱いで、椅子に掛けてあった七分袖のデニムシャツを羽織った。VネックのTシャツの襟元から見える鎖骨がセクシーだった。

「よし、んじゃ行くか」

「うん！」

金田さんが満面の笑みと共に、涌井さんの腕に自分の腕を絡めた。そして、二人は寄り添うようにして実験室を出ていった。

金田さんの放つ「好き好きオーラ」に圧倒されたのか、私の心拍数はなかなか元に戻らなかった。考えてみれば、身近な顔見知りがイチャイチャしているのを目の当《ま》たりにしたのはこれが初めてだった。

——恋人同士になれば、あんな風に過ごすのか。

経験はなくとも、男女交際がどんなものかは知っているつもりだったが、それはしょせん、マンガやアニメや小説から得た知識にすぎなかった。人と人とが恋を通じて精神的に結ばれるということの生々しさに、私はビンビンに影響されていた。

しばらくその場でぼんやりしていると、羽生さんが実験室に帰ってきた。

「森さん。測定、終わりました」

「そ、そう。どうだった？」私は動揺の尾を引きずったまま彼女に尋ねた。「反応、うまくいってた？」

「はい、順調に。森さんのアドバイスのおかげです」

羽生さんはいつものステキな笑顔を見せた。

「それはよかった」

「じゃあ、今日はこれで帰りますね」羽生さんはそう言って、テキパキと片付けを済ませた。「お疲れさまでした。また来週、よろしくお願いします」

羽生さんが手を振って実験室を出ていこうとした。私は何とも言えない寂寥《せきりよう》感《かん》と共に、「お疲れさま」と言って彼女を見送った。もっと一緒にいたい。相手が恋人なら、素直にそんな言葉も言えるのに、と私は思った。

私の興奮は、夜になっても収まることはなかった。その夜、私の妄想が捗《はかど》ったことは言うまでもない。

5

農学部では、毎年五月下旬から六月上旬にかけて、研究室対抗ソフトボール大会が開かれていた。飲み会開催という人参《にんじん》をぶら下げて学生を焚《た》き付け、何が何でも勝利をもぎ取ろうとする大人げない教授が何人もいるので、レクリエーションという看板を掲げながらも、それなりに本気の試合になることが多かった。

我が天然物合成科学研究室も、欠かさず大会に参加していた。といっても、十人足らずの小さな研究室だ。弱小野球部のサクセスストーリーよろしく勝ち進めるはずもなく、その年も一回戦負けを前提に、のんびりと試合に挑んでいた。

試合当日の昼休み。抜けるような青空の下、私は研究室の面々と共に、農学部の建物の裏手にある、クヌギに囲まれたグラウンドにやってきた。

土埃《つちぼこり》の舞うグラウンドでは、相手チームが守備練習をしていた。ノックの打球音、グラウンドを駆ける足音、ボールをグラブに収める音。ソフトボールという競技を体現するような音がテンポよく響いていた。彼らの動きは実に軽やかで、これは百回やっても勝てないなと私は思った。

よく見ると、対戦相手は金田さんの研究室であった。彼女の研究室は完全にガチのチームで、女性陣は一人として試合に参加していなかった。

金田さんはいずこにと探すと、彼女はグラウンドのフェンスにもたれ、つまらなそうに練習風景を眺めていた。

私の後ろでは、阪神タイガースのレプリカユニフォームに身を包んだ西岡さんが「森丸くん、勝ちに行こうぜ」などと言っていた。この頃から、彼は羽生さんのあだ名を私にも流用し始めていた。「森」に、はに丸の「丸」で「森丸」というわけである。

勝てるかよ、と思ったが、「まあ、頑張りましょう」と私は言った。

試合が始まると、私の予想通りの展開になった。一回の表裏の攻防が終わり、我々は早くも五点のリードを奪われていた。相手ピッチャーは空気を読んで手加減してくれているのだが、いかんせん守備のレベルに差がありすぎた。

二回表の攻撃は、七番を打つ羽生さんから。一回表の最後の打者だった私は――結果はいい当たりのセンターフライだった――彼女に「頑張って！」と声を掛けた。

「はい。なんとか塁に出られるようにします」

羽生さんはそう言うと、ぎこちなく素振りをしてから、真剣な面持ちでバッターボックスへと向かった。

運動するところを見るのはこれが初めてだ。普段と違う彼女の姿を脳裏に焼き付けようと、私はプラスチック製のベンチに座って、バッターボックスに熱視線を送った。薄桃色の長袖Tシャツに紺のジャージパンツという地味な姿も、なかなか乙《おつ》であった。

ピッチャーが、下手投げで緩い球を投じた。ふわりとした放物線を描くボールを懸命に目で追い、羽生さんは「えいっ」と声が聞こえてきそうな、可愛《かわい》らしいスイングをした。結果は空振りだった。

それを見た西岡さんは、「なんだよそれ、もっと気合を入れろよーっ」と騒いでいたが、私は知らなかった彼女の一面を見られたことにささやかな感動を覚えていた。運動オンチも悪くない。眼鏡っ子はだいたい、スポーツが苦手なものなのである。

そうして、高校野球のスカウトばりに熱心に羽生さんの打席を見守っていると、「森くん、ここ、いいかな」と横手から声を掛けられた。顔を上げると、私のすぐそばで、金田さんが笑みを浮かべていた。

「フェンスにもたれてるの、疲れちゃって」

「ああ、うん。どうぞどうぞ。別に、ウチのチーム用ってわけじゃないみたいだから」

私は少し横にずれながら、グラウンドに目を戻した。ツーストライクと追い込まれた羽生さんが、一塁線に勢いのないファウルを放ったところだった。金属バットの重さに慣れたのか、少しずつ振りが鋭くなってきていた。

「——あの、私も座っていいですか」

話し掛けられているのが自分だと気づくのに、少し時間がかかった。

「森くん、呼ばれてるよ」

金田さんに脇腹をつつかれ、「え、俺?」と私は自分を指差した。

声のした方向に顔を向けると、逆光の中にひょろ長いシルエットが見えた。そこにいたのは真野《まの》さんだった。彼女は、体育の授業でしかお目に掛かれないような、やけに明るいブルーの、垢抜《あかぬ》けているとは言い難いジャージを着ていた。

ロングヘアで面長、非眼鏡っ子で、浮世絵に描かれた女性にちょっと似た雰囲気の真野さんもまた、私の同級生で、金田さんと同じ研究室に籍を置いていた。

「ま」で始まる苗字の彼女とは、学生実習で隣同士の班だった。親しくしていた、というと誇張しすぎになるし、そもそも一対一で喋ったことはなかったが、出身地や血液型を把握している程度には互いのことを知っている相手であった。ちなみに彼女は兵庫県出身だ。芦屋のお嬢様だそうだ。

「詰めたらいけるんじゃない」と、金田さんが私の方に尻を寄せてきた。肘と肘が触れ合った刹那《せつな》、私はベンチから立ち上がっていた。

「あ、ごめん。狭くなりすぎた？」と金田さんが上目遣いに言った。真野さんも、立ったまま申し訳なさそうにしていた。

「いや、すぐに終わるから、ウチの攻撃」と返して、私は再びグラウンドに目を戻した。別に金田さんを避けようとしたわけではない。ただ単に、近づかれることに慣れていなかっただけだ。

そこで私は気づいた。いつの間にか、羽生さんが一塁に移動しているではないか。西岡さんが「ナイバッチ、はに丸さーん」と騒いでいた。どうやら彼女は見事にヒットを打ったらしい。その瞬間を見逃したことを、私は後悔した。

「森くん、野球っていうか、ソフトボール、得意……ですか？」

真野さんは立ったまま、おずおずと尋ねてきた。そういえば彼女は同級生相手にでも丁寧語を使う人だったな、と私は過ぎし日々を思い出した。

「他のスポーツよりはマシ、ってくらい。あんまり、運動神経は良くなくて」そこで私は、彼女が手にしているグラブに目を留めた。「真野さん、これから試合に出るの？」

真野さんの身長は一六〇センチ台後半といったところ。肩幅が広く、手も長い。かなり遠くまでボールを打ち返せそうなポテンシャルを感じさせる体格だった。

「う、ううんっ」

とんでもない、というように彼女が首を横に振った。

「でも、その格好は……」

「あ、これは、試合中は退屈なので、キャッチボールでもしようかと思って……」

「誘われたんだけど、断っちゃった。手が臭くなるから」

悪びれた様子もなくそう言った金田さんの視線は、助教授と談笑している涌井さんの方に向いていた。

真野さんはグラブを手にしたまま、自分のつま先をじっと見つめていた。キャッチボールの相手になろうかと思ったが、我が軍の攻撃が長引くとは到底思えなかった。中途半端に関わるのも申し訳ないので、応援に集中することにした。

我々が会話をしている間に、羽生さんは二塁ベース上に到達していた。教授が凡打でアウトになる間に進塁したのだ。

九番を務める、定年間近の助手のおばさんがあえなく三振し、一番の涌井さんがバッターボックスに入った。剣道家らしく、バットを立てて構える姿が様になっていた。

「おーい」と相手ピッチャーが手を挙げた。「今度は本気でいいかーっ」

「好きにしろよーっ」と涌井さんが不敵な笑みで応じた。二人は同級生らしい。一打席目、涌井さんは綺麗《きれい》なセンター前ヒットを放っていた。投手を務める同級生氏は、それでいささかプライドを傷つけられたようだ。

ピッチャーがぐっと体を沈め、躍動感のあるウインドミル投法でボールを投じた。唸《うな》りを上げる球は、まるで弾丸のようであった。

しかし、涌井さんは臆することなく、ボールの軌道に合わせて最短距離でバットを振った。きぃん、と乾いた音が響き、打球はショートの脇を抜け、あっという間にセンター前に到達した。

と、ボールの勢いに押されたのか、センターを守っていた学生がボールをはじいた。それを見た西岡さんが「はに丸さん、ホームに突っ込めーっ」と三塁に向かって叫んだ。

羽生さんは外野をちらりと見てから、こちらに顔を向けた。困っている、と直感した私は、すぐさま頭上で手を交差させ、バツ印を作って叫んだ。

「無理はしなくていいよーっ!」

「いや、なんでやねん! いけるって! 止まってないで走れーっ」

なおも煽《あお》る西岡さんに対抗し、「いいから、そのままで！」と声を上げながら、私は厳然と腕を交差させ続けた。そうこうするうちにボールは内野に戻ってきた。結局、羽生さんは三塁に留まることになった。

私は手を下ろし、大きく息をついた。ホームでクロスプレーになったら、羽生さんが怪我《けが》を負っていた可能性があった。彼女を危険から守れたことに、私は自画自賛的な誇らしさを感じていた。

「へえ、珍しいもの見ちゃった」金田さんは頬に手を当て、私の方を見ていた。「森くん、あんな大声出すんだ。結構クールなイメージだったのに」

「そうかな」と私は頭を掻いた。そんなに声が出ていたのか。

「もしかして……」金田さんが口の端を持ち上げた。「あの子と付き合ってたりして」

「まさか」動揺を隠すために、私はからからに乾いたグラウンドをじっと見つめた。

「そんなことないよ」

「ホントかな。涌井さんに訊《き》くよ？」

「訊いてもいいよ、別に」

と平静を装って答えたものの、手のひらには汗が滲《にじ》んでいた。

「真野ちゃんはどう思う？」と金田さんが真野さんに尋ねた。

ちらりと彼女の表情を窺《うかが》うと、真野さんは一重まぶたの目を細めて私を見ていた。

視線がぶつかったのは、ほんの一瞬のことだった。「ノーコメントでお願いします」と彼女は苦笑した。「私は、お二人のことをよく知りませんから」

「そっか。じゃあ、気のせいってことにしようか」

金田さんが笑ったところで、「ストライク、バッターアウト」と三振をコールする声が聞こえた。二番を打つ西岡さんが、「絶好球だったのに！」とバットを地面に叩きつけて悔しがっていた。これでスリーアウト。結局この回は無得点に終わった。

無事に女子陣の追及を振り切ったことに安堵しつつ、守備に付くべく、私はその場を離れた。

6

天然物合成科学研究室の教授は、いかにも高級そうな、仕立てのいい背広をきっちり着こなすダンディな御方で、大の酒好きであった。

だいたい、十日に一度くらいだろうか。平日、午後七時頃になると、彼は前触れなく実験室に現れた。そして、「おい、ちょっとやるか」と学生を教員室に拉致し、冷蔵庫にストックしてある缶ビールとコンビニで買ったつまみで、質素な飲み会を始めるのだ。

六月二十二日、金曜日。忘れもしないその日、教授はいつもと違い、午後六時前に実験室に姿を見せた。

「うーい、やってるかあ」などと学生に声を掛けながら、教授がこちらに近づいてきた。声の感じが明るい。これはひょっとして。私は論文を読むのを中断した。

「おーい、羽生くん」

教授に名前を呼ばれ、隣の席で質量分析のデータをまとめていた羽生さんが、「あ、はい」と立ち上がった。

「どうだあ、もう研究生活にも慣れただろう」

「そうですね。なんとか、皆さんにご迷惑を掛けない程度には」

「そうか、そうか。ならどうだ。飲み会でさらに親交を深めてみるというのは」

教授がマフィアのボスよろしく、にやりと笑った。彼はまだ四十代半ばだったが、こういう笑い方をすると、鼻の横にかなり深いしわが出た。

「これからですか？　分かりました。大丈夫です」

「よし、じゃあ、とっとと片付けを終わらせてくれな」

そう言うと、教授は口の脇に手を当て、「おーい、聞こえたなー。来られるやつは来いよー」と実験室にいた他のメンバーにも声を掛けた。

羽生さんが飲み会に参加するのは、四月上旬に行われた新人歓迎会以来であった。その時はほとんど喋れなかったが、今日は違うぞという自信があった。私は実験の先輩として、そしてアニメやマンガに詳しい知人として、着実に羽生さんと親しくなりつつあった。無論、飲み会に出席しない手はない。1，3－双極子付加環化反応を速やかに仕込み、私は実験台を片付けて実験室を出た。

教員室に向かおうとしたところで、廊下にいた涌井さんに「森丸、ちょい待ち」と呼び止められた。彼の胸元では、髑髏《どくろ》をかたどったシルバーのネックレスが小さな輝きを放っていた。

「今日はそっちじゃない。外でやるらしいぜ」

「外で？　じゃあ、いつもの〈喰《く》いもん屋〉ですかね」

〈喰いもん屋〉は、大学の最寄駅の一つ、地下鉄根津《ねづ》駅のほど近くにあった居酒屋である。教授が足繁く通っていた店で、歓迎会、忘年会、新年会の類は、大抵ここで行われた。料理のレベルはそこそこ、酒の種類は非常に豊富、値段はお高め、ということで、学生だけで行くことはほとんどなかったように思う。

「久しぶりにいいもの食べられるぞ、森丸」

私は「期待します」と頷《うなず》き、ついでに「涌井さんもその呼び方をするんですね」と指摘した。

「ああ、悪い。西岡がしょっちゅう使うから、つい」

「分かるのは分かるんです。二文字だとしまりが悪いですからね」

「森丸」と呼ばれることに特に文句はなかった。この名は、「羽生」の西岡式あだ名である「はに丸」から派生したものだ。非常に迂遠《うえん》ではあるが、彼女と繋がっていると思うと、ほんの少し誇らしい気分になれた。

と、そこで涌井さんの携帯電話が、黒電話風の着信音を鳴らし始めた。涌井さんは液晶画面を見て、「あっ」という顔をして、そそくさとその場を離れていった。おそらく、金田さんからの電話であったのだろう。

一人になった私は、そのまま廊下で羽生さんを待つことにした。

無性にドキドキしながら濃い緑色のリノリウムの床を眺めていると、実験室のドアが開き、羽生さんが出てきた。その日の彼女は、水色の長袖シャツに、タイトな藍色のジーンズという、爽やかな格好をしていた。

「あ、森さん。他の方は……」

「さっき涌井さんと喋ってたけど、どこかに行っちゃったよ。まだ全員集まるまで時間がかかりそうだし、下に降りようか。ロビーなら座って待ってるしさ」

私は緊張と共に歩き出した。はい、と言って羽生さんがついてくる。よしよし自然に二人きりになれたぞ、と私は心の中でガッツポーズをこしらえた。

私が日々を過ごしていた農学部本館は、かなり古かった。廊下の床のあちこちに染みがついており、コンクリートに白いペンキを塗っただけの壁には稲妻のようにひび割れが走っていた。天井の配管は剥《む》き出しで、廊下の窓ガラスは土埃で白くくすんでいた。好きな人と二人で歩くのにはまったく適さない環境だが、そんなことはちっとも気にならなかった。私は彼女と共に、オンボロとしか形容しようのないエレベーターに乗り込み、研究室のある三階から一階に降りた。

農学部本館の玄関ロビーは、一辺五メートルほどの正方形をしていた。出入口の自動ドアの脇に観葉植物の鉢が置かれ、壁には事務室からの連絡事項や、学会のポスターが貼られていた。幸い、ロビーには誰もいなかった。私と羽生さんは、ロビーの隅にひっそり置かれていた、三人掛けのソファーに並んで座った。

「飲み会は、どこでやるんですか」

先に口を開いたのは羽生さんの方だった。

「たぶん、根津駅の近くにある居酒屋だと思う。歓迎会をやったところ」

「あ、あのお店ですか」

「先生のお気に入りだから。あの辺り、飲食店が多いでしょ。こっちに来るようになってから、どこかに入ってみた？」

「いえ、全然。あちら方面には特に用がないので……」

「そっか。そうだよね」

羽生さんは三鷹市にある実家から通っており、大学の最寄駅は二〇〇〇年に全線開通したばかりの、南北線の某駅だった。的外れな質問をしてしまった。私は速やかに話題を切り替えた。

「羽生さんは、お酒は強い方？」

「あんまりですね。ビールだと、生中サイズ三杯が限界です」

「俺よりは強いよ、全然」と私は言った。この頃には、彼女に対する私の一人称は「僕」から「俺」に変わっていた。

「弱いんですか、森さん」

「うん。だいたい羽生さんの半分の量が精一杯。それを超えると頭が痛くなって、ぼんやりしてきて、最後には眠くなるんだ」

「頭痛が間に挟まると辛《つら》いですね」羽生さんは気の毒そうに眉をひそめた。「私は、だんだん気持ちよくなるタイプです」

「それはうらやましい。向こうの大学で、飲み会はやるの？」

「三年生まではありましたけど、最近は全然ですね。みんな、卒業研究で忙しいんだと思います」

「ふーん……」私は、脚の間で組み合わせた自分の手を見ていた。前から気になっていたことを訊く、いいチャンスだと思った。「……そういえばさ、羽生さんは、大学院に進むの？」

「あ、はい、そのつもりです」

「自分の大学で？」

「いえ、できればこちらで」と羽生さんはやや声のトーンを落とした。

「つまり、ウチの院試を受けると」

「そうですね。簡単じゃないのは分かっているつもりですけど、チャレンジしてみようかなって」

「そっか。頑張ってね」

胸の奥がじんわりと熱くなるのを私は感じた。羽生さんが大学院入試をクリアすれば、少なくとももう一年、彼女と一緒に過ごせる。もし私が博士課程に進めば、その期間はさらに延長される。

彼女と共に研究に励む未来を想像し、私は幸せな気分になった。

訪れるであろう幸福を噛《か》み締《し》めていると、いつぞやのソフトボール大会で金田さんに言われた言葉がふいに蘇《よみがえ》った。

——あの子と付き合ってたりして。

そうだよな、と私は内なる声で呟いた。そういう未来も当然ありうるはずなのだ。

恋人同士で、手と手を取り合って研究の世界を生きていく。それは夢見ることすらはばかられるほど、理想的な将来の形であった。

やがて、教授を始めとする研究室の他のメンバーがロビーに現れ、我々はひとかたまりになって農学部本館を出た。

農学部の敷地は長方形をしており、高さ三メートル近くある正門の他にも、方々に通用門があった。我々はその一つから校外に出た。

ぞろぞろと列を成し、我々は言問《こととい》通り沿いの坂道を下っていった。時刻は午後六時半を過ぎていた。空はまだ夜の色には染まっていなかったが、濁った灰色の雲がその大半を覆い尽くしていた。暑くも寒くもない、ちょうどいい気候だったが、しかし空気は少し湿っぽかった。

カラスの群れが、ぎゃあぎゃあと騒ぎながら大学の方へと飛んでいった。これから雨が降るのだろうか。私は大学からほど近い下宿に住んでおり、自転車で通学していた。遅くなっても天気が崩れないでくれればいいのだが、と私は思った。

二人分の幅の歩道を、私と羽生さんは並んで歩いていた。「羽生さんは、苦手な食べ物はあるの」と私は尋ねた。

「私、好き嫌いは全然ないんですよ。それが自慢なんです」と羽生さんはいつもの笑顔で答えた。

「すごいね。なんでも食べられるんだ。特に好きなものとかある？」

「魚介類が好きですね。白身のお魚の刺身とか、アサリの酒蒸しとか」

なかなか渋い趣味だと思った。私は海の匂いの強い食べ物が苦手だったが、それを口に出すと羽生さんを否定することに繋がりそうな気がした。「俺はとうもろこしがすごく好きでさ」と、私は海産物方面から話題をずらした。

大学を出発して約七分。我々は根津駅の近く、言問通りと不忍《しのばず》通りの交差点の角にある、〈喰いもん屋〉にやってきた。

教授はがらりとガラス戸を開け、「学生を連れてきたぞー」と店員に声を掛けて、店の奥の座敷に向かった。手前のテーブル席はほどほどに込み合っていたが、座敷には誰もいない。教授が電話で予約を入れたのだろう。

研究室のメンバーが、靴を脱いで座敷に上がり、順に席に着いていった。掘りごたつ式のテーブルをぐるりと囲んで座る形だ。私は羽生さんの後ろにぴったりくっついて進むことで、彼女の隣の席をゲットすることに成功した。

羽生さんが角で、私がその横。正面には、我々の指導教員である熱血漢の助教授が座っていたが、テーブルの幅が結構広いので、会話を邪魔される心配はなかった。

教授が「おうい」と手を挙げると、数本の瓶ビールがすぐに運ばれてきた。羽生さんは目の前に置かれた瓶を素早く手に取り、「お疲れさまでした」と、腕を伸ばして助教授のグラスにビールを注いだ。

「森さん、飲みますか」

「あ、うん。どうもどうも」

差し出したグラスに、彼女が丁寧に黄金色の液体を注いでくれた。私は亭主関白に何の憧れも抱いていなかったが、こうして好きな人にお酌をしてもらうのは、なかなか心地よいものだな、などと考えていた。たぶん、何ミリかは鼻の下が伸びていたと思う。

教授による乾杯の挨拶ののち、「羽生さんお疲れさま飲み会」（という名目だった）はスタートした。それぞれに好きなものを頼んでいいと言われ、羽生さんはさっそく刺身五点盛りを注文していた。私は前言を守るべく、バターコーンを頼んだ。

ビールを飲みつつ羽生さんの横顔を窺うと、蛍光灯の光を受けて、眼鏡のフレームが小さな輝きを放っていた。横から見ると、彼女の顎の丸みがよく分かった。あえて文字で表すと、「し」のような形だ。羽生さんは決して太っていたわけではない。ただ、顔が若干ふくよかだっただけだ。

料理がテーブルに並び、座敷は歓談モードへと移行していた。私は勢いをつけるようにビールを二口飲み、「最近、何か面白いマンガ、あった？」と羽生さんに尋ねた。

「ここのところちょっと忙しくて。そっちは全然なんです」

「そっか。家に帰ると、やっぱり疲れてる？」

「そうですね。食事をして、お風呂に入って、しばらくぼんやりして、気づいたら朝になってる、って感じです」

羽生さんはどこか楽しそうにそう語った。充実感が疲労を打ち消しているのだな、と私は思った。一年前の自分がそうだったからだ。卒業研究が科学界に何らかのインパクトを与えるかどうかは、さして気にならなかった。単純に、誰も作ったことのない化学物質を合成することが楽しかった。

本質的に、科学研究には人を虜《とりこ》にする魅力がある。だからこそ、我々は臭くて危険で拘束時間の長い世界に留まり続けようとするのだろう。

「森さんは、休みの日はどうされてるんですか」

半分ほどになっていた私のグラスに、再び羽生さんがビールを注いでくれた。「ありがとう」と言ってそれを飲み、「ゲーム……かな」と答えた。

当時、私は前年に発売された『ドラゴンクエストⅦ』をプレイしていた。クリアまでに百時間は掛かるという常軌を逸した大作であり、購入からひと月経《た》ってもまだまだ終わりが遠そうな気配が満ち満ちていた。

「ゲームですか。私も、昔よくやりましたよ。『せがれいじり』とか、結構ハマった記憶があります」

「……マイナーだよね、それ」

私は首をかしげた。ゲーム雑誌でタイトルを見たことはあったが、内容はほとんど知らないゲームだった。

「私の周りでは流行《はや》ってましたけど……」

「そうなの？　どんな内容？」

「ちょっと不思議な感じなんです。『せがれ』っていう、矢印の形のキャラクターを操作するんですけど、いくつかの選択肢の中から自分で文章を作ると、その結果で展開が変わって。基本的には馬鹿馬鹿しいゲームですけど、そこが逆に面白くて」

羽生さんはしばらく、冷静に考えると卑猥《ひわい》以外の何物でもないタイトルを冠したそのゲームについて語った。私は若干のいたたまれなさを覚えながら、「斬新だね」とか、「うーん、シュールだ」などの、どうとでも解釈可能な相槌《あいづち》を打つことに終始した。

そうこうするうち、だんだん羽生さんが私の方に体を寄せ始めた。店内の喧騒《けんそう》で、互いの声がよく聞き取れなくなっていたせいだ。

羽生さんは「せがれ」をいじくり倒す話に夢中で、肩と肩が触れても離れようとしなかった。私はもはや、ゲームの話を聞くどころではなくなっていた。アルコールの影響もあって、体内を駆け巡る血液は激流の様相を呈しており、全身が心臓と化して脈打っているのではないかというほど、私は高揚していた。

羽生さんの体温、羽生さんの匂い、羽生さんの声。私の感覚器は、彼女の実存を示す証拠を集めるのに必死になっていた。

黙り込んだのがよくなかった。私が飽きていると思ったのだろう、「あ、ごめんなさい」と羽生さんが我に返ってしまった。

「知らないゲームの話って、つまらないですよね」

「いや、面白かったよ。楽しいんだってことはすごくよく分かったし。ただ、イメージはしづらい気はしたかな」と私はオブラートに包んだ回答をした。

「やってみたら楽しいんですよ。一緒にやれたら一番早いのになあ」

羽生さんは苦笑しながら、私の膝に手で触れた。温もりを感じたのはほんの一瞬だけだったが、突然のスキンシップに、私は激しく動揺した。

その時、私の頭に浮かんだのは、中学校時代、運動会で踊ったフォークダンスのワンシーンだった。

男女がそれぞれに輪を作り、パートナーを次々に入れ替えつつ、単純な振り付けのダンスをするアレである。手を繋いだり離したり、男子が女子を支えながら一回転させたり。誰が考えたのか知らないが、踊っている最中に、何度も互いの体が触れ合う瞬間がある。思春期真っただ中の男子にはかなり刺激の強いイベントと言えるだろう。

当時、私は学年でもかなり可愛い方の女子に片思いをしていた。言うまでもないと思うが、もちろん彼女は眼鏡を掛けていた。

フォークダンスが始まった。私は極度の緊張と共に、十五秒ほどの短いダンスを機械的にこなしていった。私には、緊張すると上を見る癖がある。輪の外から眺めていれば、空を見上げて手足を動かす私の姿を確認することができただろう。

音楽は鳴り続け、やがて、彼女と踊る番がやってきた。彼女は社交的な性格だったので、私の顔を見て、にっこりと微笑み掛けてくれた。私は陶然となりながら、差し出された手をぎこちなく握った。ありとあらゆる夢が叶《かな》ったような、至福の時であった。

羽生さんに膝を撫でられたことで、私はその感動を思い出した。誰かと触れ合うことは気持ちがいい。そんな単純な真理を忘れてしまうほど、私は他者と――なかんずく女子と――接触することなく生きていたのだった。


その後、私はおよそ二時間にわたって、羽生さんと会話をした。内容はまったく覚えていないが、当たり障りのない、マイルドな話題しか出なかったのだと思う。彼女が通う大学のこと、私の大学のこと、私の田舎のこと、彼女のお姉さんのこと、私の弟のこと、食べ物のこと、実験のこと……たぶん、そんな感じだ。

グラスが空になると、タイミングよく羽生さんがビールを注いでくれた。好きな人が近くにいてくれることに舞い上がっていた私は、明らかに自分の限界を超えてアルコールを摂取していた。

私はその時、一種のトランス状態にあったのだと思う。「好きだ」という気持ちが、それこそエヴァンゲリオン初号機のように暴走しかけていることに、私はまだ気づいていなかった。

7

飲み会は、午後九時前にお開きとなった。

タクシーに乗り込む教授を見送り、我々はそれぞれ帰宅の途に就いた。

私と涌井さんと西岡さんの三人は、大学に荷物を置きっぱなしにしていた。方向が同じということで、羽生さんを加えた四人で、大学方面へと坂を上っていた。

「顔が赤いよ、森丸くん」

隣を歩く西岡さんにそう言われた。前にいた涌井さんも、「確かに」と振り返って同調した。羽生さんが「大丈夫ですか？」と心配する声も後ろから聞こえてきた。

「いや、全然平気ですよ」と私は言った。「どうやら、俺が限界だと思っていた量、まだ限界じゃなかったみたいです」

嘘ではなかった。いつもなら襲ってくる頭痛や眠気は、なぜかずっと鳴りを潜めたままで、ただふわふわとした心地よさがあるだけだった。その夜、私は生まれて初めて、楽しい酔い方をした。なぜ世の中の人間があれほどアルコールを求めるのか理解できなかったのだが、なるほどこういう状態を味わいたいがために、高い金を払って酒を飲むのだな、と納得できた。

我々はもと来た道を引き返し、通用門から大学の敷地に入った。

私の通っていた大学には複数の学部があったが、農学部だけが、言問通りを挟んだ別のエリアにあった。農学部の敷地内には緑が多く、夜になると濃い闇に包まれた。地面に設置されたライトが黄色い光で木々の枝葉を照らしていたが、明るくするよりむしろ怪しい雰囲気づくりに貢献していた。

「夜はこういう感じなんですね」

羽生さんは興味深そうに周囲を見回していた。

「ちょっと怖いよな。何かあるといけないから、一緒に駅まで行くか」

涌井さんは実にいいことを言った。我々はそのまま、四人で南北線の駅まで歩いた。

「じゃあ、お疲れさまでした。今日はすごく楽しかったです。また、火曜日に」

互いに手を振り合い、階段で改札へと降りていく羽生さんを見送った。私は満足感と共に、正門をくぐってふらふらと農学部キャンパスに戻った。

三人並んで歩道を歩いていると、「おい」と涌井さんに肩を摑《つか》まれた。「森丸は少し酔いを醒《さ》ましてから帰った方がいいな」

「え、そうですかね」

「確かに。自転車を運転するには危うい感じだ」と、隣で西岡さんが頷いていた。彼は片耳でラジオを聞いていた。間違いなく野球中継だろう。

「……分かりました。じゃあ、そうします」

私はたいした考えもなくそう言った。

実験室に戻ると、涌井さんと西岡さんは荷物を回収し、「じゃあ、また明日」と言ってさっさと帰っていった。

私は自分の席に腰を下ろし、椅子の背に体重を預けて、大きく息を吐き出した。頬に手を当ててみると、かなり熱かった。

実験室には誰もいないが、夜通し行われている化学反応がいくつかあるため、排気装置は稼働していた。トトロが全力で息を吸い込み続けているような音を聞きながら、私は目を閉じ、楽しかった飲み会の余韻に浸った。

羽生さんとの会話を反芻《はんすう》しているうち、私は浅い眠りに落ちていた。

ふと目を開くと、時刻は午後十時を大きく回っていた。

「……そろそろ帰るか」

口の端から垂れたよだれを拭いて立ち上がった時、私は隣の席に目を留めた。椅子の座面に、畳んだ白衣が置いてあった。羽生さんのものだ。

私は椅子のすぐ脇に立ち、まだ新しい白衣を見下ろした。

――ついさっきまで、触れ合える位置に彼女がいたのだ。

そう思った瞬間、猛《たけ》り狂うマグマのように、突如として様々な感情があふれ出した。それは、期待感や焦燥感、そして独占欲が混ざり合った、非常に原始的で攻撃的なものだった。

心臓が、激しく脈打っていた。私はその場を離れ、滾《たぎ》る想いと対話するために、実験室内をうろうろと歩き回った。腕を組み、「うーん」と無意味に声を上げ、シリカゲルの粉や埃で汚れた床の上を行ったり来たりした。

羽生さんへの恋心を自覚して、二カ月以上が過ぎていた。その間、彼女に告白することを考えなかったわけではない。だがそれは、恋人になったあとのことを無責任に妄想するための、一片のリアリティも伴わない前処理にすぎなかった。

だけど今は違うぞ、と私は思った。手に取り、その形や温度や重さを確かめられるくらい、告白というものがすぐ近くにあるように感じられた。

私は足を止め、実験室の壁に固定されている掛け時計を見上げた。以前、雑談の中で、通学は片道五十分くらいだと羽生さんは言っていた。駅で彼女を見送ったのが、午後九時過ぎ。それから一時間半近くが経過していた。すでに自宅に戻っているはずだった。

私は視線を一八〇度転じた。学生の席と席を区切る柱に、研究室の緊急連絡網が貼られていた。そちらに向かい、教授から始まる連絡網をたどっていくと、助教授の次に羽生さんの名前があった。自宅の電話番号もちゃんと書かれていた。私はメモ用紙にその番号を書き写した。ボールペンの先が震えてしまい、数字がかなり歪《ゆが》んだ。

私はメモをジーンズの尻ポケットに押し込み、財布を持って実験室を出た。

驚くべきことに、と評していいと思うが、当時、私は電話を持っていなかった。携帯電話も、固定電話もである。連絡を寄越してくる相手がいなかったので、節約のために持たずにいたのだ。実家には定期的に電話していたし、非常時には研究室の番号にかけるように親には伝えてあった。何の支障もなく私は毎日を過ごしていた。

私は農学部本館を出て、学内に設置されている電話ボックスを目指した。研究室の電話を使わなかったのは、「私用電話はよくないぞ」という理性が働いたためだと思われる。

闇の中で、電話ボックスがぽつんと光っていた。先客はいなかった。というか、そもそも辺りに人の気配がなかった。

早足になっているわけでもないのに、私の呼吸は乱れていた。

やがて、電話ボックスの前に到着した。しかし、すぐには扉に手を掛けることができなかった。私は尻ポケットからメモを取り出し、汚い字で書かれた数字を繰り返し読んだ。そして、遠心力という概念の存在を確かめようとする人のように、ぐるぐると電話ボックスの周りをさまよい始めた。

どのくらいそうしていただろう。無駄に逡巡《しゅんじゅん》している間にも時が流れていくことに、私は圧倒的な遅さをもって思い至った。午後十時台ならまだ許されそうだが、午後十一時を過ぎると、途端に「非常識感」が生まれてしまう。唐突に設定されたタイムリミットに、私は焦った。

その時の心理状態はやはり、普通ではなかったと思う。今日、今この時に告白しなければならぬという強迫観念が、私の思考の大半を占めていた。日本地図に当てはめるなら、北海道以外すべて、「告白」の文字で埋め尽くされているような状況だった。「いや、落ち着いて考えよう」と冷静に呼び掛ける勢力は残っていたものの、「告白！　告白！」のシュプレヒコールに圧倒され、徐々に告白派に転じていった。五稜郭《ごりょうかく》が陥落して戊辰《ぼしん》戦争が終結したように、冷静派はやがて完全に消滅した。

目に見えぬ何者かに背中を押されるように、私は電話ボックスに入った。すぐ目の前に、黄緑色をした公衆電話が鎮座していた。

縦長の直方体の内部は、息苦しいほどの静寂に満たされていた。蛍光灯のじーっという音がうるさく感じられるほどだった。

私は左側の壁にもたれかかり、握り締めていた拳を開いた。メモ用紙はしわだらけになっていた。もうすっかり暗記してしまったその番号を何度も何度も確認し、私は財布からテレホンカードを取り出した。

受話器を手に取り、テレホンカードを公衆電話に差し込むと、液晶画面に赤で残りの度数が表示された。

私は異様に重く感じられる受話器を耳に押し当て、メモ用紙を見ながら、一つ一つ慎重に数字ボタンを押していった。がちり、がちり、と番号が確実に入力されるにつれ、私の手の震えは顕著になった。呼吸音もひどくうるさかった。

八桁目、九桁目。そして、十桁目。

最後のボタンを押し込んだ瞬間、私は受話器をフックに戻していた。

耳障りな音と共に、テレホンカードが吐き出された。なぜ電話を切ったのか、自分でもよく分からなかった。それは思考を介さない、完全に反射的な動きだった。

アルコールの影響か、尋常ではない緊張のせいか、あるいはその両方なのか、頭の芯が痺《しび》れていた。鼓動はいよいよ速く、ヘビメタバンドのドラムのようにドドドと血液を送り出し続けていた。

私は熱を帯びた吐息《といき》をこぼしながら受話器を持ち上げ、テレホンカードを入れ直した。せめて、電話はかけよう。私は自分を鼓舞し、ぶるぶると小刻みに揺れる指先で電話番号を入力していった。

だが、さっきとまったく同じように、十桁目の入力の直後に、突風のような不安が私の中を駆け巡った。私は叩きつけるようにフックを落とした。

つー、つー、と耳の中で電子音がこだましていた。

何をやっているんだ？　俺は。せっかくここまで来たんだ。次は逃げるな、と自分に言い聞かせ、私は三たび、暗記した番号を押していった。

十桁目を押し終わり、私は両手で受話器を強く握った。呼び出し音が鳴っていた。

その時になって初めて、私は誰が電話を取るか分からないことに気づいた。家族が出たら、どう言えばいいのだろう。いや、そもそも羽生さんが出たとして、何をどういう風に切り出せばいいのか。告白すると決めたはずなのに、そこに至るまでの会話プロセスをまるで想定していなかったことに、私はいまさらながらに動揺した。

「――はい、羽生です」

聞こえてきたのは、紛れもない羽生さん本人の声だった。私は安堵し、「森です。夜遅くにごめんね」と言った。思いのほか、最初の言葉は自然に出た。

「どうも、こんばんは。あの、ひょっとしてさっきから何度か電話されていましたか？」

「え？　どういうこと？」

「一瞬鳴ってすぐに切れて、というのが二回続いたので、いたずら電話かなと思ったんですが、三回目で繋がったので」

「あ、ああ、そうなんだ」二度の逡巡を見透かされたようで、私は途端にいたたまれない気分になった。「番号を間違えたかと思って掛け直したんだ」

「何か私に用でしょうか？　お店に忘れ物とか……」

「いや、そうじゃないんだ。ちょっと、話がしたくって」

私は電話ボックスの内壁に寄りかかった。話をする。そういう手もあるよな、と思った。ただ話がしたくて、それで電話することは、決して異常な行動ではない。むしろ普通のことだ。なんだか、受話器を上げたり下げたりしていた自分が、急に滑稽に感じられてきた。

——いや、そうじゃないだろ。

私は楽な方に逃げようとしていた自分の背中をむんずと摑んだ。

雑談のための電話じゃない。告白だ。告白するために、俺はこんな時間に電話をかけているのだ。最大の目的から目を逸《そ》らしてはいけない。

私は電話ボックスの外に広がる闇を見つめながら、「飲み会、お疲れさま」と、とりあえず生ビール的な感じで切り出した。

「お疲れさまでした」

「今日は、いっぱい喋れてよかったよ」

「そうですね。普段はあんまりできない話で盛り上がれて、嬉しかったです」

「そっか。それならいいんだ。一方的にあれこれ話をしちゃったから、失敗したなって思ってたよ」

「なんですかー」と羽生さんが笑った。「そんなこと、全然ないですよ」

「なら、よかった。……あのさ、もしかして、もう寝るところだった？」

「いえ、まだです。これからお風呂に入ろうかなと思って」

「そっか……そうなんだ。………」

私はぎゅっと目を閉じた。

大丈夫だ。いい感じで来ている。言える。今なら言える。だから言うんだ。

「……森さん？　どうかされましたか？」

ほら、羽生さんが不思議がっているぞ。黙り込んでいたら、ここで会話が終わっちゃうだろ。ぐずぐずせずに言っちゃえよ。きっと、うまくいくからさ。

「あの、さ。その、なんていうか、四月に羽生さんが研究室に来てさ、その、アニメの話とか、マンガの話とか、できるようになって、すごく楽しかったんだ」

私は飾り立てることのない、素直な気持ちを口にした。

「そうですね。そういう話題で盛り上がれるの、私もとても楽しいです」

私は軽く唾《つば》を飲み込んだ。

「うん。……それで、羽生さんと喋ってるうちにさ、もっと羽生さんのことを知りたいっていうか――」

さんざん迷いまくっていたのに、会話の趨勢《すうせい》を決定づける、最もクリティカルな一言は、自分でも驚くほどにするりと出た。

「――羽生さんのこと、好きになっちゃったみたいなんだ」

「えっ」

受話器の向こうで、羽生さんが息を呑《の》んだのが分かった。

「……森さん、酔ってますよね」

「確かに酔ってるよ。でも、ふざけて言ってるわけじゃないから」

私は「好き」という単語の持つエネルギーに押されるように、締めの言葉を口にした。

「だから、もしよかったら、俺と付き合ってくれないかな」

言った。全部、言いたかったことを言った。

これが告白か、と思った。精神的な障壁を越えるために必要な勇気の総量は膨大で、しかし、それゆえに、告白を終えた今、私の心は人生最高の達成感に満たされていた。

そこで、私はふと気づいた。無言だ。羽生さんは黙り込んでしまっていた。

……何かが変だ。

私は耳が潰れるほど受話器を強く顔に押し当て、「えっと、どう……かな？」と返事を促した。

そこで彼女が口にした言葉を、私は生涯、忘れることができないだろう。

「あの……ごめんなさい。私、彼氏がいるので」

頭の中が真っ白に——いや、真っ暗になった。

圧倒的な質量を持つ黒い塊が、私の精神を一瞬にして押し潰していた。

急速に現実感が遠のいていったのは、脳が拒否反応を起こしていたからだろう。こんなことはありえない、あってはならない、あるわけがないと、ありとあらゆる脳細胞が、駄々をこねる幼児のように叫び出していた。

信じたくなかった。きっと夢なのだ。そう思おうとした。だが、それは紛れもない現実だった。

謝ろう、と私は思った。脳全体がフリーズ状態だったが、彼女を困らせているのだということは理解できた。私は正しい手順を踏み損ねたのだ。

「そ、そっか。なんかごめんね、変な電話しちゃって」

私はへらへらと笑いながら言った。こんな喋り方しかできないのかと情けなくて仕方なかったが、笑うしかなかった。

「いえ、こちらこそ……ごめんなさい、お気持ちに応えられなくて」

羽生さんの声は優しかった。私をなるべく傷つけまいとしているのがよく分かった。

気遣わせることが申し訳なくて、自然と、私の顔から歪《いびつ》な笑みは消えていった。

喉の奥が熱を帯び始めた。この感じを、私は知っていた。子供の頃によく味わった感覚だった。このまま会話を続ければ、一分以内に泣き出してしまうという確信があった。

「なんか、ホント、ごめん。あんまり気にしないで。じゃあ、これで」

羽生さんは何かを言おうとしていたが、私は一方的に会話を打ち切り、受話器をフックに置いた。

狭い電話ボックスに、静寂が戻ってきた。

息苦しさを覚え、私は転がり出るように扉を開けた。

湿った夜気が、私の汗ばんだ体にまとわりついてきた。鼓動は電話ボックスに入る前と変わらず速いが、いくら心臓が血液を送り出しても私の思考は停止したままだった。ただ機械的に足を動かし、農学部本館に入り、階段で実験室に戻った。

部屋の様子は、さっきと何も変わっていなかった。時刻は十一時を少し過ぎていた。私は使い慣れた椅子に腰を下ろし、ノートや筆記用具を乱暴に脇にどけて、机に突っ伏した。

少しずつ、呼吸と心拍数が落ち着いていった。それに反比例して、頭の中の闇はその禍々《まがまが》しさを増していった。

その時、私の心身を支配していたのは、一片の慈悲も持たぬ絶望感であった。

私が想いを寄せている羽生さんには、すでに恋人がいる。好きだという感情を向け合う相手がいる。私ではない、顔も知らない誰かに、彼女は恋をしている。彼女は大好きなのだ、その男が。私ではなく。——私ではなく。

「彼氏」という言葉から連想される事柄が次から次へと浮かんでは、思考スペースを埋めていった。それによって増殖した絶望感が、私の心を容赦なく、鋭い刃で切り裂き始めた。

「……ふへっ、ふっ、ふううぅ……」

私は泣いた。とにかく、がむしゃらに泣いた。どれほど泣き叫んでも、実験室内に響き渡る換気装置の騒音が、私の声をかき消してくれた。それがありがたかった。

8

告白の翌日のことを書く。

午前五時。私は自宅にいて、布団に体を横たえていた。

いつの間にか、室内は結構明るくなっていた。朝が来たのだ。

私はのろのろと体を起こし、青白い光を浴びながら全裸になり、ユニットバスに向かった。四〇℃より少しだけ高めに設定したシャワーを頭から浴びると、昨夜から皮膚にまとわりついていた汗や汚れや、その他いろんなものが流れていくようだった。

前夜、私は午前二時過ぎまで実験室で泣いた。それから自転車で家に戻り、着替えもせずに布団に横になった。眠気はまるでなかったし、予想通り一睡もできなかった。心は疲弊しきっていたが、皮肉なほど体は元気で、むしろどこまででも全速力で走れるのではないかという気さえした。

ひとしきり熱い湯を浴びてから着替えを済ませ、私は愛用のリュックを持ってアパートを出た。寝ようとしてもどうせ寝られないのだから、せめて実験でもして過ごそうと思った。無心になって手を動かしていれば、その間だけは絶望の魔手から解放されるからだ。

車一台が通るのがやっとの狭い路地を、自転車でゆっくりと進んでいく。頭上には薄い雲が広がり、空気はどこまでも澄んでいた。昨夜の湿気はどこかに吹き飛び、ラジオ体操の一つでもしたくなるような、爽やかな朝がそこにはあった。無論、現在進行形で傷つき続けている魂がそんなもので癒されるわけもなく、私は腫れぼったい目をこすりつつ、いつもの通学路を進んでいった。

飲み会が終わってからは何も食べていなかったが、空腹は感じなかった。脳や各種神経はもちろん、胃を始めとする内臓たちまでもが、「第一回・失恋をいかに克服するかを考える会」に参加していたからだろう。

農学部北側の通用門から学内に入った。グラウンド脇の小道を通り抜け、農学部本館の裏手の駐輪場に自転車を停めた。

建物の玄関へと向かう途中で、私は立ち止まった。

視線の先には、あの忌まわしき電話ボックスがあった。昨夜の出来事がまざまざと蘇り、あれはやっぱり現実だったんだな、と再認識させられると同時に、さすがに涸《か》れただろうと思っていた涙がまた目尻に浮き上がってきた。いたたまれなくなり、私は小走りにその場を離れた。

大学の研究室というのは、夜型人間の巣窟だ。大半の学生は夕方から本気を出し始め、終電近くになってようやく実験の調子を上げてくる。家が遠い学生は後ろ髪を引かれるような思いで帰宅し、近くに住む学生はまだまだこれからとばかりに、丑三《うしみ》つ時まで手を動かし続け、そして家に帰る。

兵《つわもの》どもが夢の跡。誰もいない早朝の農学部本館の廊下には、塗料と納豆を掻き混ぜたような臭いと、科学の神秘を解き明かそうという熱意の名残のようなものが漂っていた。私は無人の荒野を往《ゆ》くがごとき心持ちで、実験室のドアを開けた。

羽生さんの席を見ないように自席に荷物を置き、実験台の前に立つと、換気装置が懸命に空気を吸い込む音が胸に迫った。私が絶望を知る前の日常が、そこにはあった。

私は白衣を羽織り、こぼれる涙をそのままにして、実験の準備に取り掛かった。涙には、若干のタンパク質と、塩化ナトリウムを始めとする無機塩が溶けている。不純物は化学反応の邪魔になるが、フラスコの中に落とさなければ何の問題もない。

この当時、私はある菌類が産生する物質の合成を行っていた。市販の試薬から二十段階で合成する計画を立てていたが、その十一段階目の反応で手こずっていた。化学反応によって、二つの微妙に異なる物質が生成するのだが、それらは性質があまりに似ており、通常の精製手段ではどうしても分離ができなかった。

そこで私は、両者の生成比率をコントロールすべく、反応条件の調整を検討していた。温度や時間を変えたり、試薬の種類や量を変えたりと、ここひと月ほど微調整を続けていたが、未《いま》だに満足の行く結果は出ていなかった。

昨日、飲み会の前にセットした反応の具合を確認することにした。ガラス栓を外し、フラスコの中の反応液を小指サイズの試験管に少し取り、それに酢酸エチルと飽和食塩水——私の涙ではなく、あらかじめ調整してあったもの——を加え、蓋《ふた》をして軽く振った。分離した酢酸エチルを別の容器に移し、空気を当てて乾かしてから、改めてメタノールを加えた。これで準備完了だ。

私は調整した溶液を注射器で吸い取り、高速液体クロマトグラフィー、通称ＨＰＬＣに打ち込んだ。詳細は割愛するが、要は、合成したい物質とそれのそっくりさんを見分ける装置だと思ってもらえればいい。

結果が出るまでは二十分ほど掛かる。私は装置の前に座り、じりじりとプリンターから吐き出されてくるグラフを、ぼんやりと眺めていた。

静かに涙を流しているうちに、分析結果が出ていた。ん？　と私はグラフに顔を近づけた。二つの物質の比率は８：２で、欲しいものの方がかなり多かった。これまでで一番いい結果だった。

研究の停滞を打破する大きな進展だったが、喜びはなかった。私の精神状態は、言うまでもなく最悪だった。もし、スウェーデン王立科学アカデミーから「アナタニ、ノーベル賞ヲアゲマース」という電話がかかってきても、「はあ……そっすか」としか返せなかっただろう。

新たに設定した反応条件が良かったらしい。とりあえず、昨日のうちに仕込んでいた、もう一つの反応も分析してみることにした。

同じようにＨＰＬＣに反応液を注入し、懲りずに泣きながら結果を待っていると、廊下から足音が聞こえてきた。

時計の針は、午前七時になろうとしていた。あれ？　と私は思った。こんな時間に大学に来るような学生がいるとは。まさか、ウチの研究室のメンバーじゃないよな、と耳を澄ませていると、足音は私のいる部屋の前でぴたりと止まるではないか。

私の頬は涙で濡《ぬ》れていた。ずっと泣いていたので湿っているのが当たり前になっていたが、情けない姿を誰かに見られたくはなかった。

私は椅子から立ち上がり、実験台に駆け寄った。だが、ティッシュを引き抜くより先に、ドアが開いた。

「あ……」

私はメデューサの視線に射られた者のように、びくりと動きを止めた。

「……おはようございます」

羽生さんが、ぎこちなく微笑んだ。早起きの影響か、いつもの三重まぶたが、四重半くらいになっていた。

彼女はドアをゆっくりと閉め、私のところにやってきた。

「ひょっとして、昨日の夜からずっと実験を？」

「いや、家に帰ったよ。……でも、全然寝れないから、実験でもしてようかと思って」

夢を見ているのだろうか？　現実感を失ったまま、私は淡々と答えた。ただ、夢にせよ現実にせよ、こうして普通に羽生さんと喋れていることが意外だった。

羽生さんが少し体を傾け、斜め下から私の顔を見上げた。

「……もしかして、泣いてました？」

私は白衣の袖で頬を拭い、「そりゃ、泣くよ」と口を尖《とが》らせた。「俺、女の子に告白するの、あれが初めてだったんだから。あんな結果になったら、悲しいよ」

「そうなんですか。すみません、タイミングが悪くって」

「……タイミング？」

「今の彼氏と付き合い始めたのって、今年の四月からなんです」

「……マジで？　じゃあ、もし付き合ってなかったら、俺の告白にＯＫしてた？」

「たぶん、はい」と彼女は頷いた。

「そんなこと言われても、俺、どんな表情していいか分かんないよ」と私は首を振った。フラれたという事実が覆ることは決してないのだ。「それより、どうしてここに？　今日、土曜日だよ」

「昨日、しっかり話ができないまま電話が切れてしまったので、なるべく早く森さんに会いたかったんです。電話番号が分からなかったので、直接おうちの方に伺おうと思って、住所を調べに来たんですよ」

「そっか。……ありがとう。わざわざ気を遣ってくれて」

「森さんと、変な感じになるのが嫌だったので」と彼女は優しい笑顔で言った。「あの、都合のいいことを言うなって思われるかもしれないですけど、今までと同じように、普通に接していきたいんです」

「いいよ。俺も、その方が気が楽だし」

私がそう答えると、羽生さんは「よかったあ」と安堵の表情を浮かべた。その瞬間、昨晩から私を苦しませ続けた暗闇に、一条《いちじょう》の光が差した。

私は彼女と向き合えている。しかも、何の堅苦しさもなく。

そうだよな、と私は心の中で呟いた。

これからは、自分の想いを隠すことなく、素直に生きていけばいい。好意を晒《さら》すことに怯《おび》える必要は、もうない。私は告白によって、無敵の人となったのだ。確かに、羽生さんには彼氏がいる。だが、彼女はこう言ってくれた。「付き合っていなければ、ＯＫを出した」と。つまり、私にもチャンスはあるということだ。私はフラれたのではない。交際の順番待ちの列に加わったのだ。

そんな風に考えることで、私は絶望の淵《ふち》から這《は》い上がることに成功した。

羽生さんがその朝、私に会いに来てくれたことは、私を喜ばせ、新たな希望に目覚めさせた。私は彼女の厚意――誤字ではない――にずいぶん救われた。これは紛れもない事実である。

これから、恋愛という名の戦争に参加するのだ、という自覚はあった。しかし、私はまったく経験不足であり、初めて戦場に駆り出された新兵よりも貧弱な人間であった。

残念なことに、私がそのことに気づくのには、まだもう少し時間を要する。

◆原作者より、最初の章を読み終えたあなたへ◆

　このパートは本文外に位置する。すなわち、冒頭部分と同じく、語り手は原作者の「私」である。

　ここまで、森氏がやらかした人生最大の失敗を描いてきたが、読者の皆様は今、どんな気分でおられるだろうか。勝機の見積もりの甘い、無謀で不器用な告白。そして、フラれて流した数十ミリリットルの涙。自然とため息が出る。みじめ。ただその一言があるのみである。まったくもって弁護のしようもない。

　俺ならあんなミスはしないね、馬鹿じゃないの。そう思われた方もおられるだろう。実に結構なことであるが、それがリアルな恋愛経験に拠《よ》らない、単なる自信にすぎないのなら、非常に危険だと言わざるを得ない。

　恋愛に関わった人間の精神状態はいつだって特異で、冷静に振る舞っているつもりでも、平時とは違う行動を取ってしまいがちだからだ。あなたが、あなたの信じるスマートさで事態を乗り切れたという保証は、どこにもないのだ。

　いずれにせよ、森氏のここまでの行動、判断には、いくつものミスがあった。そこから、「私」は、理系男子（あるいは女子も）が心に留めておくべき、非常に重要な恋愛の注意事項を導き出した。それは以下の通りである。

①外見で内面を推察し、それだけで相手を知った気になってはならない。

②恋愛への幻想は、なるべく早く捨てた方がよい。大抵の場合、それはあまりに幼稚すぎるからだ。

③告白の前に、相手に恋人がいるかどうかを確認すべし。

④あなたに優しくしてくれる、人当たりのいい異性には、ほぼ間違いなく恋人がいる。あるいは、いたことがある。

これらを知っていれば、森氏はあのような無様な失態を晒すこともなかっただろうし、そもそもこの本が書かれることもなかっただろう。

しかし、森氏は失敗した。この時、彼は修士一年生で、卒業まではまだまだ時間があった。逃げ出すわけにもいかず、彼は辛い環境の中で生活を送ることを余儀なくされる。これからの章で、彼がどういった人々と関わり、どんな判断をし、そしてどう失敗と向き合っていったのか。そこに注目して読み進めていただければ幸いである。

Chapter 2

1

私の人生の重要な分岐点となったあの夜から一週間が過ぎ、七月に入った。

私の生活は、以前と何も変わらなかった。羽生さんにフラれたことを誰かに気取られることもなく、淡々と実験の日々を送っていた。西岡さんの阪神タイガース礼賛トークに仕方なく付き合ったり、涌井さんと金田さんが手を繋いで帰っていくのを、コンビニで夕食を買った帰りに目撃したりした。

ただし、一つだけ、大きく変わったことがあった。私と羽生さんとの距離感である。

七月上旬のある日の午後三時過ぎ。私がサンプルの分析のために質量分析室に向かうと、測定装置のところに先客がいた。羽生さんだ。

「あ、お疲れさまです。もう、作業は終わりましたから」

サンプルや器具が入ったプラスチックのカゴを持ち、羽生さんが部屋を出ようとした。

「作りたいもの、ちゃんとできてた？」と私は呼び止めて尋ねた。その当時、羽生さんは卒業研究として、漢方薬に含まれる、ポリフェノールの一種の効率的な合成法を研究していた。

「はい。純度はまだ低いですけど、分子量が一致するピークは確認できました」

「そう……」私は木の丸椅子に腰を下ろし、彼女を見上げた。「あの、さ。羽生さんのこと、また訊いてもいいかな」

「いいですよ」羽生さんはカゴを床に下ろし、作業台の縁に腰を載せた。「今日は何の話ですか？」

「やっぱり、恋愛関連のことかな」と私は言った。「羽生さんがどんな人生を歩んできたか、すごく気になるし」

「あ、じゃあ、今の彼氏の話、しましょうか」

ぱっと羽生さんの表情が華やいだ。私は苦笑しながら首を横に振った。

「いいよ、それは時々で。聞けば聞くほど落ち込むから」

私はすでに、こんな風に二人きりになった時の雑談で、羽生さんから彼氏のことを聞かされていた。

羽生さんの彼氏の名前は、タカナシといった。高梨なのか高梨なのか、そこまでは訊かなかったが、羽生さんが何も言わなかったので、さすがに小鳥遊《たかなし》ではないと思う。

タカナシの身長は一八七センチ。同じ大学の同級生で、男子サッカー部に所属。スポーツ全般に興味があり、羽生さんと東京ドームに野球観戦に行ったこともあった。贔屓のチームは巨人だそうだ。顔はゴスペラーズの誰かに似ていて、羽生さんの好みに非常に合致しているとのこと。告白をしたのは羽生さんの方で、最初は断られたものの、二度目のアタックで無事付き合い始めた。少なくとも二週間に一度はデートをしており、五月の下旬に、レンタルした『ユー・ガット・メール』をタカナシの自宅で見たあとに、初めて性交したそうだ。なお、「初めて」というのは、二人が性行為に及ぶのが初めてだったという意味であり、どちらも「経験者」ではあった。ちなみに、タカナシにとって、羽生さんが三人目の彼女であるとのことだった。

そう。彼女はそんな生々しい話を素面《しらふ》で楽し気に語るほどに、私に気を許してくれていた。彼女は下ネタに抵抗がないというか、むしろ「どんとこい！」的なスタンスの持ち主だった。籍を置く私大の方では、しょっちゅうそんな話をしていたらしい。

「彼氏のことじゃなくて、羽生さんの初恋のこととか、どうかな」

「えー、そんなの面白くないですよ。今の彼氏の話にしましょうよぉ」

「……そう？　じゃあ、聞くよ」

羽生さんはタカナシにベタ惚《ぼ》れ状態だった。本当は、研究室のメンバーの前で堂々と語り倒したいくらい、彼氏の話をしたかったのだろう。案の定、今日も彼女は満面の笑みと共に、タカナシのことを喋り始めた。

「すごく優しいんです、彼。自分の車を持ってて、デートの時は、私の家までちゃんと送り迎えをしてくれるんですよ。それで、助手席から横顔を見てるのが、最高に幸せなんです。可愛いから、ついイタズラしちゃったりして」

嫌な予感がしたが、「イタズラって?」と私は仕方なく尋ねた。

「彼氏、太ももが性感帯なんです。だから信号待ちのタイミングで手を伸ばして、さわさわーって」

羽生さんは笑顔で作業台の表面を撫でてみせた。その手つきは常習犯であることを悟らせるほどスムーズで、そして艶《なま》めかしかった。きっと、太ももを触るついでに股間も撫で上げていたのだろう。

私は胃の奥から込み上げてきた苦いものを飲み下し、「ハッスルしすぎて事故を起こさないようにね」と言った。

「大丈夫です。その辺は心得てるつもりですから」

羽生さんがピースサインを作ったりするものだから、私は思わず笑ってしまった。

「なんか、印象が変わったかも」

「私ですか？」と羽生さんが自分の顔を指差した。

「真面目でおとなしい人だと思ってたけど、違ったね。ちゃんと遊んでるっていうか、青春を謳歌《おうか》してるっていうか、充実した人生を送ってるっていうか……」

「眼鏡を掛けてるし、髪の色も地味目ですからね。見た目の影響が強いんでしょうね。ちゃんと話すと、『雰囲気違うね』って言われることは多いですよ」

「雰囲気、ね。でも、研究室だと、喋り方も清楚《せいそ》な感じじゃない。だから、俺は騙《だま》されちゃったわけで。……ひょっとして、猫かぶってる？」

「あ、バレました？」羽生さんは笑いながら頰を撫でた。「やっぱり、研究をさせてもらってる立場なんで。素《す》の自分は出せないですよ」

「やっぱり。ま、猫はかぶりつづけた方がいいと思う。その代わり、俺の前ではしたい話をすればいいよ。好きな子の話を聞くの、楽しいし」

「私もこういう話を森さんにできるの、すごく嬉しいです」

そこで壁の掛け時計に目をやり、「ヤバっ」と羽生さんは慌ててカゴを手に取った。

「すっかり忘れてました。分析の結果を、先生に報告しなきゃいけないんです」

「そっか。ごめん、引き止めて。すぐに戻りなよ」

「はい。じゃ、お先に」

羽生さんが手を振り、質量分析室を出ていった。

ドアが閉まると同時に、胃の奥にきゅっと痛みが走った。私は苛立ちをぶつけるように床を思いっきり蹴り、顔をしかめて頭を掻きむしった。

羽生さんの話を聞いたあと、こんな風に苦しむことは分かっていた。だが、どんなに傷つき、落ち込むことになっても、恋愛の話題を羽生さんに振ることをやめようとは思わなかった。少しでも彼女と親しくなりたかった。羽生さんの視線を、声を、感情を、記憶を、時間を独占していたかった。

辛さの中にわずかに混じる嬉しさ。私はそんなささやかなもののために、健康を害することを厭わなかった。

その心理は、覚醒剤に手を染める人間と何も変わらない。その頃の私は、恋愛中に分泌される脳内物質に完全に支配されていたのだろう。

2

私が所属していた天然物合成科学研究室では、毎年七月半ばに研究室旅行があった。一泊二日の日程で、目的地はいつも、関東地方の観光地だった。といっても、観光はあくまでおまけであり、メインイベントが夜の飲み会なのは言うまでもない。

この年は房総半島の旅となった。研究室の助手のおばさんが館山《たてやま》に別荘を持っているということで、そちらに一泊し、翌日はマザー牧場を見学して帰京するというスケジュールであった。

七月十四日、土曜日の午前十時。大学に集合した我々は、二台の車に分乗して出発した。私は教授のワゴンに乗ることにした。言うまでもなく、羽生さんがそちらだったからだ。他には、西岡さんと涌井さんも同乗していた。

出発時は多少雲が出ていたが、高速道路に入り、南下するにつれて、まるで我々の旅路を祝福するかのように空は澄み渡っていった。

開通してまだ数年の東京湾アクアラインを通り、千葉県に入った。途中、昼食休憩を挟んで高速道路をひた走り、午後二時前に、我々は目的地である、助手のおばさんの別荘に到着した。

車を降りると、強烈な日差しと濃厚な海の匂いに出迎えられた。別荘から海岸まではわずか二百メートルほど。海好きの人間には絶好のロケーションであったが、周囲に数軒の別荘と果樹園、別荘の管理会社所有の運動施設がある程度で、あとはほとんどが雑木林という、大変ひなびたところだった。

テニスコートを使うことはできたが、この日の最高気温は三五℃であったため、全員で海岸に繰り出すこととなった。

別荘の一階と二階にはそれぞれ客室があり、二人で一部屋を使う形だった。私の部屋は二階で、涌井さんと同室であった。

荷物を置き、椅子に座ってひと息ついたところで部屋のドアが開き、西岡さんが顔を覗かせた。上は裸、下は迷彩柄のサーフパンツを穿いていた。

「お二人さん、準備がなってないですなあ」

「いま着いたばっかりじゃないか。さては、家から着てきたんだな」と涌井さんが呆れ顔で言った。西岡さんは「イエス、ザッツライト！」と親指を立てると、「先に行って待ってるぜ！」とドアを閉めた。

階段を駆け下りていく音が消え、「あいつ、すごい張り切りようだな」と涌井さんが苦笑した。

「そうですね。準備万端でしたね」

私は日よけのために帽子をかぶり、靴下を脱いで、持参したサンダルを手に取った。

「あれ、森丸は着替えないのか」

「僕は泳げないんで。波打ち際で遊んで過ごしますよ」

そう言って、私は一人で廊下に出た。

カナヅチなのは本当だが、岩礁に座っておとなしく海の生き物たちを観察するつもりはなかった。

私は玄関の上り框《かまち》に腰を下ろして耳を澄ませた。みんな、自室で着替えていたのだろう。別荘の中はしんと静まり返っていた。

羽生さんの部屋は一階の奥で、助手のおばさんと二人で使っていた。まもなく、羽生さんが現れるはずだ。いったい、彼女はどんな水着を着るのだろうか。私はワクワクテカテカしながら、玄関のタイルの目地を見つめた。

私は海水浴とは無縁の生活を送ってきた。女性の水着姿を生で見る機会があったのは、学校の授業を除いて他になかった。しかも、同級生の女子たちが着ていたのは地味な紺色のスクール水着であった。オタク界隈には、「それがいいんじゃないか。スク水最高！」とのたまう御仁が掃いて捨てるほどいるが、やはり男子としては、布の面積が狭い方が心湧き立つに決まっている。

羽生さんはいわゆるボンキュッボンのスタイルではなく、胸はどちらかといえば控えめな方だったが、叶うことなら、ぜひ彼女の水着姿を拝みたいものだと私は思っていた。

やがて、廊下の奥からドアが開く音が聞こえてきた。私はサンダルを履いて立ち上がり、訓練の行き届いた兵士のように、きびきびした動作で一八〇度回転した。

「あれ、森さん。待っててくれたんですか」

羽生さんの姿を見て、私は脱力した。サンバイザーに長袖のTシャツ、そしていつものジーンズ。水着の「み」の字もないどころか、羽生さんは素肌の露出を最小限に抑える格好をしていた。

「なんか、がっかりだよ」と私は思ったことをそのまま口にした。「ものすごく期待してたのに」

「えー、そんなこと言われても……。恥ずかしいですよ、みんなの前で水着になるのは」

「……まあいいや。行こうか」

私は羽生さんと共に別荘を出て、海へと続く緩い坂道を下っていった。道はアスファルトから砂地になり、竹藪《たけやぶ》の中へと続いていた。日陰に入るとずいぶん涼しくなった。ずくっ、ずくっと足が沈み込む感触が心地よかった。

「ちなみに、羽生さんは泳げるの？」

「一応は。ただ、足が付かないところは怖いです」

「海水浴に行ったりは？」

羽生さんは正面から吹いてくる潮風に目を細め、「去年、大学のクラスメイトと行きました」と答えた。「今の彼氏も一緒だったんです」

「……まだ付き合う前だよね。もう、その頃から好きだったの？」

「少し気になってました。でも、私は別の人と付き合ってたし、向こうにも彼女がいたので、普通に遊んだだけです」

別の人、という言葉に胸が痛んだ。

「実はその時に、傷つく出来事があって。私も友達も水着だったんですけど、友達の胸の下には影があったのに、私はなかったんですよ。その子、かなりの巨乳で。その場では笑って済ませましたけど、家に帰ってから微妙に落ち込みました」

「影、ねえ。俺はあんまり、大きさとか気にならないけど」と、私は羽生さんの胸を見ながら言った。シャツの生地越しに、ブラジャーの模様が浮き出て見えた。

視線に気づき、羽生さんが私の肩を「ちょっとぉ！」と押した。「頭の中で脱がさないでくださいよ」

「はは、ごめんごめん。でも、やっぱり見たかったな、水着姿」

「見て、夜のオカズにするんですか？」

「しないよ、っていうかできないよ。俺、想像だけで満足できるタイプじゃないから」と私は正直に言った。私の想像力の翼は貧弱なので、どんなに頑張っても天国に至ることはできない。

「じゃあ、エッチな本とかビデオとかを使うんですか」

「ま、そうだね。ビデオ、何本か持ってるよ」

なぜこんなことを赤裸々に語っているのだ、と疑問に感じながらも、私はその時、彼女との会話を間違いなく楽しんでいた。

「裏ビデオもあるんですか？」

「あるよ。昔、家の近くのゴミ捨て場で拾ったやつ」

「へえー、見てみたいです。私の彼氏、持ってないんですよ、その手のビデオ。前の彼女に捨てられちゃったみたいで」

「それはかわいそうに。じゃ、覚えてたら持ってくるよ」

「やったぁ。約束ですよ」と、羽生さんが私の背に触れた。

「はいはい。期待せずにお待ちくださいませ、っと」

肩をすくめてみせつつも、私は密かに昂《たかぶ》っていた。

羽生さんの態度は、研究室にいる時よりさらにくだけたものになっていた。下ネタが自然に会話に混ざるところもそうだったし、彼女の方から私の体に触れてきたこともそうだ。旅先の開放感が、彼女がまとっていた「猫」の皮をまた一枚剝いだらしかった。これはひょっとすると、何か起こるかもしれない。そう思わずにはいられない親密さであった。

竹藪を抜けると、我々の目の前にだだっ広い海岸が現れた。左右をごつごつとした岩場に挟まれた砂浜には海藻や流木が散らばっており、研究室のメンバー以外に人影はなかった。

私たちに気づき、西岡さんが「おーいっ」と波打ち際で大きく手を振った。「ビーチバレーやるよーっ」

「はーい！　行きましょう、森さん」

羽生さんは楽しそうに駆け出していった。遠くなっていく彼女の背中を見つめながら、私は一人、夜への期待感を膨らませていた。

3

夕方、午後六時半。昼間の熱が遠ざかり、一転して涼やかな風が吹き始める頃、我々は別荘の庭に集合した。夕食はバーベキューであった。

教授はアウトドア派で、月に一度は家族でキャンプに行くという本格派だった。彼は慣れた手つきで炭をおこすと、それをコンロに入れて金網を載せた。

「よーし、できたぞー。どんどん焼いていけー」

教授の掛け声と共に、研究室の面々がビール片手に肉や野菜を焼き始めた。

「どうだい森くん。飲んでるかい」

ハラミを網の上で育てていると、顔を赤くした助教授が話し掛けてきた。彼は私と羽生さんの間に割って入り、程よく焼けたカルビを――羽生さんの分だ――自分の皿に拉致した。

「羽生くんも、すっかり馴染んだなあ」

「あ、はい。皆さん、すごく親切で」

答えながら、彼女がちらりと私を見た。お肉、取られちゃいました、とその目が言っていた。助教授にはこういうところがあった。空気が読めないというか、決して悪い人ではないのだが、ゴーイングマイウェイな性格をしていた。

「ところで、来月の大学院入試、もう準備を始めてるかい?」

強奪したカルビを実にうまそうに頬張りつつ、助教授が訊いた。羽生さんは曖昧に頷いた。

「一応、英単語帳を読み直してます」

大学院入試の科目は、英語、総合問題、小論文の三つ。英語は大学入試レベルで、小論文は修士課程で行う研究の意義を記述するだけなので、点数に差はつかない。合否のキーとなるのは総合問題だ。各研究室が一問ずつ問題作成を担当しており、トータル二十一問の中から、八問を選択して解答する形式であった。

「英語だけ?　大丈夫かい?　あんまりのんびりしてると危ないよ」

「そうなんですか?」

羽生さんの視線を受けて、「うん、確かに」と私は言った。「外の人はどうしても不利になるから」

大学院入試は、その大学の学生だけでなく、他大生にも開放されている。ただし、私の大学の場合、内部生の合格率が九五%に達するのに対し、他大生のそれは三〇%ほどしかなかった。

合格率の差は、先述の総合問題に起因していた。出題される問題は、基本的には過去問の焼き直しだ。過去問自体は農学部の図書館でコピーできるが、答えが付いていないため、自分で問題を解かなければならない。一方、内部生は先輩たちから代々受け継がれてきた解答集を持っており、それを全員で共有していた。正しい答えを暗記して試験に臨むアドバンテージは絶大だった。

私はそう説明し、「でも、大丈夫。解答集は手元にあるから。羽生さんに回してあげるよ」と付け加えた。

「ホントですか。心強いです」

「そうかい。じゃ、大学院入試の件は森くんに任せるよ。頑張って、彼女を合格させてやってくれ」

「了解です」と私は敬礼してみせた。助教授に言われなくても羽生さんの力になるつもりだったが、公認を得られたのは大きかった。遠慮なく、彼女のそばにいることができるからだ。

次の肉を探して前屈みになる助教授の後ろを通り、私は羽生さんの隣に移動した。さりげなく彼女の二の腕に触れ、「頑張ろうね」と私は言った。

「はい。よろしくお願いします」

羽生さんは私の手を払おうとはしなかった。コンロの熱と、ぐいぐい飲んでいるビールのせいで、羽生さんの肌は汗ばんでいた。私はその生々しさに、初めて味わう種類の興奮を覚えた。

二時間ほどでバーベキューを終え、我々はリビングに場を移して飲み会を続行した。ソファーやカーペットの上に適当に座り、ビールやワイン、缶チューハイを楽しみながら、わいわいと語り合った。研究のこと、家族のこと、友人のこと、将来のこと。喋る内容は雑多だった。

時間が経ち、ほどよく全員に酔いが回った頃、助手のおばさんが、涌井さんと金田さんが付き合っていることを唐突に暴露した。

全員から囃《はや》し立てられ、涌井さんは「ああ、そうですよ、付き合ってますよ！」と顔を真っ赤にしながら大声で認めた。「何か文句があるんすか！」

「ないぞ、おめでとーっ！」西岡さんが立ち上がり、手の平の骨が折れそうなくらい、激しい拍手をした。「よっしゃ、じゃ、ここで電話だな！　どれだけ愛してるか、彼女に伝えるんだ！」

「できるかアホ！」

涌井さんが手元のクッションを投げつけ、西岡さんはそれを川藤似のフォームで打ち返した。

「ほほほ、ボクには通じませんよ、そんなものは」

「うるせえっ、こっちばかりイジるんじゃねえ！　そういうお前はどうなんだよ！」

涌井さんにびしっと指を差され、西岡さんは大げさにがっくりとうなだれた。

「そりゃ、ボクも彼女が欲しいっすよ……うらやましい」

すると、今度は酔った教授が、「風俗に行けー」と叫んだ。おいおい、と私は思ったが、他の学生たちも「そうだ、そうしろ！」などと同調した。

すると西岡さんは首を大きく横に振り、「違うんです、それは！」と叫んだ。「ボクは誰でもいいってわけじゃないんです。好きな人と結ばれたいんです！」

なぜか彼は涙目になっていた。そして、清純で可愛い子が好みなのだと、芸能人の名前を挙げながら熱弁を振るい始めた。

ああ、なるほど、と私は思った。西岡さんも、たぶん誰とも付き合ったことがないのだ。あれはまさに、恋愛に理想を抱いている人間の言い分ではないか。

一年前なら頷ける部分もあったかもしれない。だが、私はすでに、羽生さんを通じてリアルな恋愛の有様を知ってしまっていた。私は西岡さんの演説を見守りつつ、いつか彼が現実を知る日のことを想像し、少しだけ悲しい気分になった。

旅先での宴会に、誰もが限界を見失っていたのだろう。午後十一時頃から、一人、また一人と酔い潰れていき、リビングのあちこちからいびきが聞こえ始めた。

私の隣には羽生さんがいた。途中で中座してシャワーを浴びた彼女は、クリーム色のパーカーと短パンという格好に着替えていた。ちなみに、メイクは落としていなかった。

私はその時、研究室のメンバーの中で唯一、飲酒量を意識的にセーブしていた。具体的な作戦があったわけではないが、チャンスが来た時にちゃんと動けるようにするためだった。

とはいえ、一人だけ酔っていないことを悟られたくはない。私は酩酊《めいてい》した振りをしつつ、しきりに羽生さんにちょっかいを出していた。

「ねえ、その服の下って、お腹？」と言って、彼女のパーカーの裾をめくる。すると、ぽにょっとしたお腹が見えて、私は「おお、皮膚だ」と大げさにのけぞってみせる。羽生さんは「やだぁ、もう」と言いつつ、逆に私のTシャツをめくろうとする。私がそれを押し返し、反動でお互いに床にごろりと倒れ込む。まあ、だいたいはそんな感じだった。まるで仔猫《こねこ》がじゃれ合うように、私は羽生さんと戯れていた。

どのくらい時間が経っただろう。やがて、羽生さんがうつらうつらとし始めた。三重のまぶたをかろうじて開けながら、「もう、ちょっとヤバいです……」と呟いていた。

「俺もそろそろ限界かな……」

嘘だった。私の目はギンギンに冴《さ》えていた。私は偽りのあくびをして、リビングを見渡した。スタッフたちはすでに、自分たちの部屋に引き上げていた。残っているのは学生のみで、全員が床やソファーで眠っていた。

——私よ決起せよ、今がその時だ！

内なる声が、私にチャンスの到来を告げた。そうだ、私は昼間からこの機をずっと待っていたのだ。

その声に追従するように、羽生さんがカーペットの上にころんと横になった。彼女は私を見上げ、「少し、寝ます……」と言い残して目を閉じた。

羽生さんの寝息が聞こえ始めたのを確認してから、音を立てないように立ち上がり、私は洗面所に向かった。誰かの歯磨き粉のチューブが置いてあったので、それを指に取り、歯の表面をぐいと磨いた。手ですくった水で口をゆすぎ、私はリビングに戻った。準備はできた。

睡眠ガス弾をぶち込まれたかのように、全員が完全に眠り込んでいた。私は羽生さんのところに戻り、彼女の後ろに寝転がった。

目の前には、羽生さんの背中があった。

全身の血液が滾っていた。体が痺れるような緊張感があった。

焦ってはいけない。私は悶々《もんもん》としながら、その姿勢のまま十五分待った。目覚める者は誰もおらず、いびきはいよいよ喧《やかま》しかった。

邪魔者はどこにもいなかった。私は決行の意志を固めた。

私は羽生さんのパーカーの裾から、そっと服の中に手を差し入れた。

ああ、腹部の肌のこの滑らかさ！　叫びたい気持ちをこらえ、私はごくりと唾を飲んだ。触れていても、羽生さんは微動だにしなかった。

その沈黙に勇気づけられ、私はより深く手を突っ込んだ。手首を脇腹に這わせるように手を上げていくと、ざらりとした硬い布に到着した。ほう、なるほどブラジャーはこういう質感なのか、と意外に冷静な私がいた。

ここまでくれば、もうやることは一つだけだ。私はそのまま手を背中側に回し、ブラジャーのホックを外そうとした。ところが、これがうまくいかなかった。金具らしきものがあるのは分かるのだが、押しても引っ張っても外れてくれなかった。初心者にありがちなトラブルである。

こうして振り返ると、我ながらかなり大胆だと思うが、私はその時、羽生さんの乳房を揉むことしか考えていなかった。

単純化した思考は、想定外の事態に極めて脆弱《ぜいじゃく》である。羽生さんが「んんっ」と喘《あえ》いだ瞬間、私は一気に我に返り、慌てて両手を引き抜いた。

彼女はめくれた服を直しながら、寝返りを打った。

こちらを向いた羽生さんは、目を覚ましてはいなかった。目を閉じたまま、すうすうと、静かな寝息を立てていた。

私はそこで方針転換を図った。

胸を揉む行為は、昔ながらの表現で言うところの「B」に当たる。それより先に「A」を済ませるのが常道ではないか。そもそも、何のために歯磨き粉を使って指で歯を磨いたのか。それは、キスを念頭に置いていたからだ。乳タッチという大物を目の前に、どうやら功を焦りすぎていたようだ。一つ一つ、順番に行こうではないか。

その時の思考を再現すると、そんな感じになるだろう。

ふん、と鼻息を噴き出し、私はゆっくりと顔を近づけていった。

羽生さんの眉毛が、眼鏡が、睫毛《まつげ》が、鼻が、そして唇が、ほんの数センチ先にあった。私の心臓は、土木工事の掘削機さながらの音を立てて激しく脈を打っていた。

直進し続けると、鼻と鼻がぶつかりそうになった。私は寝転がった姿勢でわずかに顔を右に傾け、唇をすぼめてくにっと伸ばした。

唇と唇が触れ合った刹那、私が思ったのは、やっぱり無味じゃないか、ということであった。ファーストキスはイチゴ味、という噂を耳にすることはあるが、冷静になって考えるとそんな馬鹿な話はない。自分の手の甲にでも唇を寄せてみれば分かる。味覚を感じる部位との接触はないのだから、味などするはずがないのだ。

味を感じるには、最低限両者が口を開くことが必要になる。しかし、私はそこまで踏み込むことはしなかった。一秒かそこら、軽くキスを交わし、私は体を引いた。

——ああ。

成し遂げたのだ、私は。

私は大いなる成果に打ち震え、そしてすぐに、まだいける、と思った。

もう一度、乳房にアタックしよう。厳冬期のエベレストの再登頂を目指す登山家のような、厳粛な決意を固めた時、ぱちり、と羽生さんが目を開けた。

私と彼女は、数センチの距離を開けて見つめ合った。

「……起きてた？」と私は訊いた。

「えっと……いま、起きました」羽生さんがぱちぱちと瞬きをした。「キスしましたよね、森さん」

「うん、したよ」私は素直に認めた。したものはしたのだ。「寝てたから、つい」

「びっくりしました」羽生さんは笑ってくれた。「あと、服の中に手を入れましたよね」

「入れたね、がっつりと」

私は周りにいる人たちを気遣いながら、小声で答えた。

羽生さんは再び寝返りを打って私に背を向けると、なにやら服の中を確認して、「あ、大丈夫だ」と呟いた。ブラジャーが外されていないか確認したのだろう。

羽生さんは「部屋に帰らなきゃ」と言って、床に手を突いて立ち上がった。名残惜しさに吊り上げられるように、私も腰を上げた。

彼女が「おやすみなさい」とリビングを出ていった。あとを追って廊下に出ると、私は後ろから羽生さんに抱き付いた。

「ちょ、ちょっと森さん」

「……ごめん。でも、我慢できない。好きなんだ、羽生さんのこと」

私は下半身を彼女に押し付けることを躊躇《ちゅうちょ》しなかった。羽生さんの体は柔らかく、かなり強くアルコールの匂いがしていた。私の興奮は最高潮に達していた。

「もう、しょうがないなあ」

羽生さんはそっと私の腕をほどき、くるっとその場で反転すると、私の唇に自分の唇をぐっと押しつけた。

二度目のキスは、一度目よりも長かった。

すっと体を引き、「はい、これで我慢してください」と羽生さんは笑みを浮かべた。

「もう終わりなの？」

「残念ですけど、終わりでーす」羽生さんは明るく言った。「まあ、もっと酔っ払ってたら、その先もあったかもしれないですけどねっ」

拒絶されていない。むしろ喜んでいるように見える。女々しいと分かっていたが、食い下がらずにはいられなかった。

「えー、ホントにもう寝るの？」

「寝ますってば。そのうち、皆さん起きてくるでしょうし。それじゃ、また明日」

羽生さんは笑いながら手を振り、廊下の奥の部屋に入っていった。

ひょっとしたらまた出てきてくれるのではないか。私は一縷《いちる》の望みを抱き、しばらく廊下で待っていたが、五分経ってもドアが開くことはなかった。

私は熱いため息をついて、二階の自室へと向かった。

肌に触れ、キスをして、私は知った。「行為」を隔てる壁は、薄くて低いのだということを。その気になれば、簡単に越えられるのだということを。

その夜、性的な意味ではなく、むしろ精神的な意味で、私は確かに、少しだけ大人になった。

4

進歩と感動の研究室旅行は終わり、また、研究の日々が始まった。

旅行から帰ってきて最初の月曜日。午前九時になるのを待って、私は農学部図書館に向かった。私が受けた、二〇〇〇年の大学院入試の問題をコピーするためだった。

シネシネシネとこちらを煽るような蟬《せみ》の鳴き声を全身に浴びながらキャンパスを二分ほど南進すると、レンガ調のタイルに覆われた農学部図書館が見えてきた。四階建てで、一階部分はほとんどが駐輪スペースになっていた。

枠線からはみ出して停められた自転車をよけて、玄関のガラス戸を開けた。全館空調なので、建物内はひんやりとしていた。

エレベーターが階上に停まっていたので、階段で二階に上がった。スミレ色のカーペットが敷かれた廊下の先に、図書館の入口があった。

自動ドアをくぐり、私はさっそく、カウンターの奥でぼんやりとパソコンの画面を眺めていたおじさんに声を掛けた。

「去年の大学院入試の……」と言っただけで、おじさんは「はいはい」と立ち上がり、カウンターの後ろのキャビネットから、問題集を綴《と》じたファイルを出してくれた。

コピーは自力&自腹だが、多少の出費は仕方ないと割り切っていた。コイン式のコピー機に硬貨をつぎ込み、五十ページからなる問題集をすべて複写した。

吐き出された紙をひとまとめにし、コピー漏れがないかその場で確認していると、「あの、森くん……」と名前を呼ばれた。

振り返ると、私のすぐ後ろに真野さんがいた。彼女は白衣を着ていて、胸に数冊の学術論文を抱えていた。

「あ、ごめん。使いたいよね。もう終わったから」

ひと気がないのをいいことに、十分以上コピー機を独占してしまった。私はまだ温かいコピー用紙の束を持って、その場を離れようとした。

「……ひょっとしてそれ、研究室の後輩さんのためですか」

「後輩って言っていいのかな」と私は首をかしげた。この年、内部生は一人も研究室に入らなかった。「渡す相手は、外部からの研究生なんだ。院試を受けるから、力を貸そうかなって」

「そうなんですか。ひょっとして、眼鏡の女の子ですか？」

「そうそう。羽生さん。彼女が進学するの、知ってたんだ」

「金田さんに教えてもらいました」

「ふーん、そっか。涌井さん経由で聞いたのかな、金田さんは」

私は実にスムーズに真野さんと会話できていた。羽生さんと親しくなったおかげで、私は同年代の女性に対する精神的な障壁を克服していた。緊張すると上を見てしまう、あの悪癖が顔を出すことはなかった。それどころか、相手の目を見ることすらできるようになっていたのである。

考えてみれば、ちゃんと真野さんの顔を見て喋るのは、この時が初めてであった。羽生さんに比べると化粧っ気が少ないな、と私は思った。おそらく、アイシャドーやアイラインといった、目の周りの化粧が不充分だったからだろう。不遜《ふそん》な言い方が許されるのなら、彼女は若干野暮ったかった。

「そうだ。もしよかったら、去年の分の解答、真野さんのところの四年生からこっちに回してもらえないかな。これから自分で解くの、ちょっと大変だし」

「……はい。分かりました」

真野さんは顔をこわばらせて頷いた。羽生さん、金田さんのフレンドリーな態度とは大違いだった。面倒なことを押し付けられた、と感じたのかもしれない。

「ごめんね、忙しいのに」と私は謝った。

「いえ」と小声で言い、真野さんは足元に目を落とした。じっと自分のつま先を見つめるその様子から、私は暗い気配を感じ取った。

心も体も疲れているようだな、と私は思った。

真野さんや金田さんが所属する研究室の厳しさは、噂に聞いていた。土日に実験に来るのは当たり前、忙しい時には三日連続で徹夜することもある。そんな環境だったようだ。過去には、鬱病《うつびょう》を発症した学生が何人もいたという。スタッフからの苛烈な叱責、同級生同士の軋轢《あつれき》、実験へのプレッシャー、男女関係のもつれ、各種ハラスメント……。ハードな日常に晒《さら》された心は、いずれ限界を迎え、たやすく壊れてしまうものだ。

「研究、順調に進んでる？」

私は、イギリスにおける天気の話題に等しい、理系の定番の問いを口にした。

真野さんは少し考えて、「順調、とは言い難いかと思います」と答えた。その表情は、面接でも受けているかのように神妙だ。

「そっか。アドバイスができたらいいんだけど、生物系のことはよく分からなくって」

「いえ、そんな、気にしていただかなくても」

鬱陶しいハエを払うように、真野さんは顔の前で手を振った。

「いろいろ大変でしょ、真野さんのところ」

「……そうですね、他の研究室よりは厳しいと思います」と真野さんがしかつめらしく頷いた。

「少し疲れてるみたいに見えるかな。たまには休んだ方がいいよ」

「えっ、そうですか」真野さんが頬に手を当てた。育ちの良さが窺える、たおやかな仕草だった。「どうもありがとうございます。気をつけます」

「……あの、さ」

「え、はい、なんでしょうか」

真野さんが不思議そうに瞬きをした。私は頭を掻いて、「いや、ごめん、何でもない」とごまかした。

こうして話していて初めて気づいたのだが、真野さんの声は、声優の久川綾《ひさかわあや》さんの声によく似ていた。『美少女戦士セーラームーン』のセーラーマーキュリー役の方である。『ああっ女神さまっ』のスクルドを代表作に挙げてもいい。いずれにせよ、私にとっては、日本史で言うところの徳川家康クラスの有名人だが、一般人である真野さんには「なんのこっちゃ」であろうと思い、指摘するのを自重したのであった。

言いかけた言葉を呑み込んだせいで、私と真野さんの間に少し気まずい空気が流れた。

「じゃ、じゃあ、よろしく」

私は真野さんに手を振り、その場を離れようとした。

と、そこで入口の自動ドアが開き、分厚い専門書を手にした金田さんが入ってきた。

「あ、森くん！　ちょうどよかった。ちょっといい？」

コピーをしに来たらしかったが、金田さんは回れ右をして図書館から出ていってしまった。ついてきて、ということらしかった。

振り返ると、こちらを見ていた真野さんと目が合った。彼女に軽く会釈をして、私は図書館を出た。

エレベーターの扉の前で、金田さんに追いついた。「どうしたの」と声を掛けると、彼女はくるりと振り向き、「ごめん、教えてほしいことがあるの」と言った。彼女の表情には翳《かげ》があった。何かよくないことが起きているらしい、と私は察した。

「涌井さん、研究室旅行に参加してた？」

「してたよ、普通に。それがどうかした？」

「……土日に何回か電話したんだけど、全然出てくれなかったから。もしかしたら、旅行だって言って、別の誰かと一緒だったんじゃないかって思って」

「そんなことないよ。電話に出られる状況じゃなかっただけだから」

金田さんとの交際をバラされた影響か、涌井さんは一日目の夜、かなり早い段階で泥酔、撃沈していた。翌日も二日酔いで辛そうだった。とても通話どころではなかっただろう。

「それならいいんだけど。なんかさ、最近、冷たいなって気がして」金田さんはぽつりとこぼし、親指の背を唇に押し当てた。「メールの返信が遅いし、私が髪切ったのにも気づいてくれないし」

「研究が忙しいみたいだし、仕方ないんじゃないかな」

「それは分かるけど、せっかく付き合ってるんだから、もっと気にしてもらいたいの」

金田さんの口調には、切なさではなく怒りが滲んでいるように聞こえた。

そして、なだめる間もなく、金田さんは涌井さんへの不満を語り始めた。デートの時間に遅れてくる、泊まりの旅行を提案しても嫌がる、そもそもちゃんと好きだと言ってもらえていない、エッチが淡白すぎる……ｅｔｃ。

真っ昼間からどんだけぶっちゃけ話をしてるんだよ、と私は心の声でツッコミつつ、その一方でワクワクしていた。

傍目には仲睦まじげに見えるカップルでも、それなりにトラブルの種を抱えている。それが少しずつ蓄積していけば、何かのきっかけで爆発し、二人の関係に致命的なダメージを与えることもある。すなわち、恋人関係というものは、常に破局の危険にさらされているのだ。私はそのことに気づいたのだった。

金田さんの口から語られた愚痴の数々は、私に新たな希望を与えてくれた。順番待ちの列に並び続けることは、決して無駄ではない。極めて前向きで、まっとうな行動なのだ。

そうやって自己暗示を掛けることで、私は自分を勇気づけたのだった。

5

七月下旬のある日の、午前八時。私は農学部本館一階の会議室にいた。そこは八帖《じょう》ほどの広さで、長方形のテーブルの周りに六脚の椅子が置かれているだけの、シンプルな佇《たたず》まいの部屋だった。

椅子を隣り合う位置に移動させてから、私はクーラーのリモコンを手に取った。風向を調整し、体に風が直接当たらない角度を探していると、ドアがノックされた。

「はいはい」とドアを開けると、廊下には羽生さんの姿があった。「や、おはよう。入って入って」

「今日もお世話になります」

羽生さんが椅子に座り、大学院入試の過去問と、筆記用具をバッグから取り出した。

「もう、ひと通り解いてみた？」

尋ねながら、私は彼女の右隣に腰を落ち着けた。

その前日から、私は羽生さんと二人、この部屋で大学院入試に向けた早朝勉強会を始めていた。勉強会を提案したのは私だった。来年も一緒にいられるように、合格を確実なものとするため。親切心を見せつけて、好感度アップを狙うため。あわよくば、研究室旅行のあの夜の続きに持ち込むため。と、思惑はいろいろあったが、私はとにかく彼女と二人きりになりたかった。

「直近の三年分はやってみました。有機化学はそこそこ点が取れそうです」

「うん。有機化学系の問題は、全部で四問あるから。そこで点が確保できると、かなり有利になるね。あと、分析化学もオススメ。ほとんど過去問の焼き直しだから、解き方を暗記すれば、ただの計算問題になるよ」

「なるほど、参考になります。有機化学四問と分析化学……これで五問ですね。あと三問はどうしましょうか」

左手の親指と人差し指で眼鏡のつるをつまみ、羽生さんは右手で過去問集をぱらぱらとめくった。この角度、この横顔！　それは非常にグッと来る仕草だった。この頃、私は羽生さんの何気ない日常の中に、いくつもの魅力を見出せるようになっていた。

　私は心身の昂りを隠して、「生物系を捨てて、環境科学系の問題に絞った方がいいね」とアドバイスした。「同じ付け焼刃で挑むなら、バックグラウンドが狭い分野の方が覚える量が少なくて済むし」

「分かりました。そうします。それと、肝心の有機化学の方ですけど、参考書って、どういうのがいいですか？」

「プログラム学習シリーズがいいんじゃないかな。初歩的なところから応用まで網羅してるし、それに、俺が持ってるから。自分で買わなくて済むよ」

「了解です。あとで貸してくださいね」

「もちろん。あ、そうだ」

　私はさもいま思い出したというように、ポケットから携帯電話を取り出した。ストレート式の銀色のボディが、蛍光灯の光を受けてきらりと輝いた。

「あれ、どうしたんですか、それ。買ったんですか？」

「そう。さすがに公衆電話生活は厳しくなってきたから」と私は言った。「メールアドレス、書いてもらっていい？　赤外線通信ができるのかどうか、よく分からなくって」

「はい。もちろんいいですよ」

羽生さんは嬉しそうに——私にはそう見えたのだ——メモ用紙にメールアドレスを書いて渡してくれた。

本当のところは、携帯電話が必要だと感じてはいなかった。実家との連絡は問題なく行えていたし、頻繁に連絡を取り合う友人がぽこんと虚空から産み落とされたわけでもなかった。掛け値なしに、ただ羽生さんとメールをやり取りするためだけに、私はａｕと契約したのであった。

「よし、アドレスゲット。では、さっそく」

私は慣れない手つきで題名〈こんにちは〉と、本文〈届きましたか？〉を打ち込み、彼女にメールを送信した。すぐに羽生さんのピンクの携帯電話が振動した。

「来ました来ました。じゃ、登録しておきますね」

こうして、私たちは電子の世界で繋がった。いつでも好きな時に、好きな人とメールのやり取りができる。それは、数カ月前の自分からすると、まったく信じられないことだった。

果たして、中世に生きていた人々は、人間が月に降り立つ日が来ることを想像できただろうか？　おそらく答えはノーであろう。だが、アポロ11号は確かに月面に着陸した。ヒトは進歩する。そして、私も着実に進歩していたのだった。

羽生さんとの早朝勉強会は、結局試験の前日まで続けられた。

大学院入試が終わり、羽生さんは夏休みを取った。彼女がいない研究室は、一人欠けただけなのに、やけに広く感じられた。

私はその寂しさを埋めるように、少なくとも日に三度、羽生さんにメールを送った。メールの内容は、本当に大したことがないものばかりだった。西岡さんが相変わらず阪神の話題をぶつけてくること。農学部に棲《す》みついている猫と少し親しくなったこと。古本屋で買った昔の少女マンガ（『別冊マーガレット』で連載されていた『いらかの波』である）にハマったこと。代わり映えのしない日常の中から、少しでも彼女の気を引きそうな話題を集めようと、私は必死になっていた。

八月下旬。大学院入試の合格発表当日の午後一時過ぎ。学食できつねうどんを食べて実験室に戻ると、そこには羽生さんの姿があった。

「森さん。お久しぶりです」と彼女がはにかんだ。

「久しぶり」自然と私の頬も緩んだ。「今って夏休み中だよね。試験結果を見に来たの？　合格者の発表は四時だよ。まだかなり時間があるけど」

「家にいても落ち着かないので、実験でもして気を紛らわせようかと」

「先生に聞かれたら怒られそうなセリフだね」

そこで、私は実験室内を見回した。たまたま出払っているらしく、室内にいるのは私たちだけだった。

「……森さんは、どう思いますか。私、合格してると思います？」

「してもらわないと困るんだけどな」と私は苦笑した。「来年も、羽生さんと一緒にいたいよ」

「そう言ってもらえるのはありがたいですけど……」

試験の出来に自信がなかったのだろう。羽生さんの表情は曇ったままだった。

「もし落ちたら、どうするんだっけ」

「いま通ってる大学の修士課程に進みます。内部からだと、口頭試験だけでＯＫなので」

「そっか。そうなると寂しいな」

と言ったものの、本当にそうなったら寂しいどころの騒ぎではなかった。何としても彼女には合格してもらわねばならないのだ。いまさらにもほどがあるが、私は心の中で、学問の神として名高い菅原道真《すがわらのみちざね》に祈った。どうぞよろしくお願い申し上げます、と。

その時、ばあんと大きな音を立てて実験室のドアが開かれた。

すわ、道真公の御霊が顕現されたか、と一瞬ビビったが、現れたのは教授だった。

「おーい、西岡はいるかあ」と大声で左右を見回し、教授は羽生さんに目を留めた。

「おう、羽生くん。来てたのか」

「あ、はい。試験の結果を確認しようと思いまして」

「なんだ、それなら心配しなくていい。受かってたぞ」

え？　私と羽生さんの声がぴたりと重なった。

「試験管理委員から、朝に俺のところに連絡があったんだ。点数は平均より上だったみたいだな、うん。外部生だとトップクラスだそうだ。これで実験に集中できるだろう。次世代のエースとして活躍してくれよ」

教授はドデカいネタバレを炸裂《さくれつ》させると、「西岡が戻ってきたら、教員室に来るように伝えてくれ。じゃ」と言って部屋を出ていった。

「えっと……」突然の吉報に、羽生さんは戸惑っていた。「なんか、受かっちゃったみたいです、私」

「先生が言うんだから間違いないよね。おめでとう」と私は拍手をした。

「実感が湧かないんですけど……よかったです。森さんのおかげですね」

「内部生のコネは強いよね、やっぱり。でも、羽生さんの努力があってこそだから。胸を張っていいと思う」

「ですね。……あ、そうだ。ずっとコーチをしてもらったし、何かお礼をしなきゃな、って思ってるんですけど」

「お礼？　じゃあ、これで」と、私は自分の唇を指差した。

「えー、それはさすがに……。酔ってたら、勢いに任せてって、なるかもしれないですけど……」

「ダメなの？　じゃあ、こっちでいいよ」

私は妥協案として、とんとん、と頰を人差し指で叩いた。

「それなら、まあ……」

羽生さんは実験室内に誰もいないことを確認して、私の頰に軽くキスをした。

柔らかで、生暖かい感触。これはこれで、すごくいいな、と私は思った。特別なことをしてくれているんだ、という手応えがあった。

羽生さんが体を離そうとした瞬間、私は腕を伸ばして彼女を抱き締めた。

「ちょっとぉ、森さーん」

「まあまあ、おまけということで」

私は彼女の背中に手を回し、ぎゅっと力を込めた。羽生さんは「もう」とため息をつき、私の腰の辺りに触れた。

羽生さんの体温や骨格を記憶に刻み付けながら、私は万感の思いを込めて言った。

「これで、あと一年、一緒に実験できるね」

「そうですね。私も嬉しいです」羽生さんはそこで、私の耳元にそっと唇を寄せた。

「……森さんが博士課程に進んでくれたら、もっと長くそばにいられますよ」

吐息と共に繰り出された囁《ささや》き。体の芯に、快感を伴う痺れが走った。

羽生さんは猫のようにするりと私の手の中から抜け出し、初めて見る、蠱惑《こわく》的な笑みを浮かべた。

「――ですよね？」

とっさに言葉が出ず、「あ、えっと、うん」と私は視線を逸らした。

「じゃ、結果も分かったので、今日は帰ります。これからもよろしくお願いしますね」

羽生さんは手を振り、いつもの笑顔と共に実験室を出ていった。

私はへたり込むように、手近な椅子に腰を下ろした。

脈が、異様に早くなっていた。

羽生さんが垣間《かいま》見《み》せた別の貌《かお》。あれが、色気というものか。しばらくして、私は自分を動揺させたものの正体を理解した。

例えば、『幽遊白書』の戸愚呂弟。あるいは、『ドラゴンボール』のフリーザ。はたまた、『ダイの大冒険』の大魔王バーン。それらの絶大なる力を持つ者が、普段はその真の力を隠しているように、羽生さんもまた、私と接する時にまったく本気を出していなかったのだ。

そのことを知ったにもかかわらず――いや、知ったからこそ、その日、私は羽生さんをもっと好きになってしまったのであった。

6

長いようで短かった八月が終わり、九月になった。

九月四日、火曜日、午前九時。羽生さんは久しぶりに研究室に現れた。

「おはようございます」

「うん、おはよう」

軽い挨拶を交わしたところで、私は「ちょっといいかな」と言って、彼女を連れて廊下に出た。

周囲にひと気がないことを確認し、私は廊下に置いてある自分のロッカーから、紙袋を取り出した。

「これ、前に約束したやつ。……イリーガルなビデオ」

「あ、はいはい！」羽生さんは顔をほころばせた。「覚えててくれたんですね」

「そりゃ、忘れられないよ」と私は頬を掻いた。「とりあえず二本入れてあるよ。まあ、急いで返さなくてもいいから」

「ありがとうございます。見たら感想をお伝えしますね」

「感想」がどういうものなのかさっぱりイメージできなかったが、「楽しみにしてるよ」と私は答えた。

と、そこで教員室のドアが開く気配があった。羽生さんは自分のロッカーに紙袋を入れ、実験室に戻っていった。なかなか素早い動きだった。

私も彼女のあとに続き、実験室に入った。二人で同時に席に座り、顔を見合わせて笑ったところで、「おーい、注目しろー」と教授が部屋に入って来た。

振り返ると、教授の隣には見知らぬ男子学生がいた。髪は天然パーマだろうか、縮れて密に絡まっており、眉毛が濃くて垂れ目がちで、良く言えば親しみやすい、悪く言えばどこか抜けた印象があった。

「今月から、他の研究室と共同研究が始まってな。化学合成のノウハウをこちらから提供することになったんで、必要に応じてウチで実験してもらう。じゃ、挨拶を」

教授に肩を叩かれ、男子学生が一歩前に出た。

「どうも、修士一年の阿久津《あくつ》です。所属は理学部で、専門は天然物の構造決定です。合成に関してはほとんど素人ですが、事故だけは起こさないように気をつけます。どうぞよろしくお願いします」と、彼はうやうやしく一礼した。

「森さんは、あの人のこと知ってますか？」

「いや、分からないね。同級生でも、他学部の人との交流は皆無だから」

ここそこと二人で喋っていると、助教授が私たちのところに近づいてきた。そのすぐ後ろには阿久津の姿があった。

「今回の共同研究は、僕が担当することになったから。二人も、阿久津くんをサポートしてあげて」

「あ、はい。分かりました」と私たちは揃って頷いた。

「よろしく」と阿久津が笑顔を見せた。

「阿久津くんは、ウチの大学の人？」と私は尋ねた。

「あ、いや。大学院からこっち」

彼は都内にある私大の名前を挙げた。ＢＭＷを乗りこなす、チャラいお坊ちゃまが通っているイメージのある大学だった。

「じゃあ、私と同じ外部出身生ですね」

大学院に合格したことを含め、羽生さんは嬉しそうに自己紹介した。

彼女の大学名を聞いて、「結構知り合いいるよ、そっちの大学にも」と阿久津が言った。「四年生も何人かいたと思う」

「え、そうなんですか。なんて人ですか？」

「えっとね……」

阿久津が挙げた名前に、「私の友達の彼氏です、それ！」と羽生さんが反応した。「何度か一緒にご飯食べたこともありますよ」

「へえ、世間は狭いねえ」と阿久津が顎を撫でた。

共通の知り合いをきっかけに、二人は私の知らない話題で盛り上がり始めた。私はその様子を、ハラハラライラしつつ見守っていた。羽生さんはやけにフレンドリーだし、阿久津はまったくスムーズに彼女と会話をしていた。初対面とは思えないほど、言葉のやり取りのテンポがよかった。

阿久津の髪は真っ黒で、体形は小太りで、頬にはニキビの痕《あと》があった。美男子とは形容しがたい容貌だったが、阿久津は明らかに女性慣れしていた。

私はそのことに、漠然とした不安を覚えた。


その日の夜、羽生さんの院試合格と阿久津の親睦会を兼ねた飲み会が開かれた。場所はもちろん、根津駅近くの〈喰いもん屋〉だ。

教授に促され、主賓の二人が並んで上座の席に座った。離れるわけにはいかぬと、私はなんとか羽生さんの隣を確保した。

乾杯のあと、二人が簡単な所信表明的な挨拶をして、飲み会がスタートした。

昼間の続きとばかりに、羽生さんはさっそく阿久津とお喋りに興じ始めた。この日は店が混んでいたこともあり、互いの声が聞き取りにくい状況であった。そのため、二人の距離は肩が触れ合いそうなほど近かった。

会話に割って入りたかったが、二人が共通の知り合いの話をしていたため、手の出しようがなかった。体を羽生さんの方に寄せ、楽しげにやり取りされる会話の断片を拾うことに注力するしかなかった。

飲み会が始まって三十分ほどが経ち、アルコールが入って場がほぐれてきたところで、涌井さんが私のところにやってきた。顔が赤かったし、暑くなったのか、涌井さんは上着を脱いで黒のタンクトップ一枚になっていた。どうやら、かなり酔いが回っているらしかった。

「なあ、森丸。ちょっと訊きたいんだけどさ」

それどころではなかったが、ぐいぐいと腕を引っ張られたので、私はやむなく涌井さんの方に体を寄せた。

「なんですか？」

「あのさ、金田から……何か言われたか？」

「何か、ですか……？　そういえば、七月くらいに相談を受けましたよ。『最近、涌井さんが冷たい気がする』って」

「それで？　他にはなんて？」

「もっと自分に構ってほしいって、そう言ってましたね」

「……それ以外には？」

「いや、特には」と私は首をかしげた。正直、彼女が何を言っていたのかあまり覚えていなかった。

「あのさ、最近、あいつとケンカすることが増えてさ」涌井さんがぽつりとこぼした。

「俺、来年就職じゃん」

「製薬企業の研究職でしたよね、確か」

農学部からの就職先の一つとして、製薬企業が挙げられる。農薬であれ、人の薬であれ、その研究の基礎にあるのは化学合成と生物実験だ。実験技術さえあれば、どの業界にでも就職できるのが、有機化学のいいところだ。

「そう。会社は湘南《しようなん》にあるんだけど、今の家からはさすがに遠いから、向こうに住むつもりなんだわ。そうなると、どうしても会う回数は減るだろ。金田はそれが気に入らないらしい」

就職に伴う環境の変化。よくあることだとはいえ、なかなか難しい問題だった。

「金田さん的には、どうしたいんですかね」

「そりゃ、なるべく近くにいてほしいんだろ。でもな、こっちにはこっちの都合があるんだよ」

「通勤時間が長いと大変ですもんね」

「……そうだよ。森丸が同じ立場だったらどうする？」

「え、俺ですか。うーん、そうですね……」

金田さんを羽生さんに置き換えて考えてみた。付き合っていたなら、たぶん、私は羽生さんの近くにいることを選ぶだろう。

「彼女の言い分を聞き入れるでしょうね、なんだかんだで」と私は答えた。

「……簡単に言うよな。同じ立場になってみろよ、かなりしんどいんだぜ」

重いため息をついて、涌井さんはカシスソーダを呷《あお》った。

「分かるよ、涌井くん！」いきなり真後ろから大音声《だいおんじょう》が聞こえた。と思ったら、私と涌井さんの間に助教授が割り込んできた。彼の顔もまた赤かった。「僕もね、まったく同じ問題で苦しんだことがあるんだ！」

「え、そうなんですか」

「そう。涌井くんと逆で、就職するのは彼女の方だったけどね。その頃、僕は博士課程の二年でね。ものすごく実験が忙しい時期だった。彼女は引っ越しちゃうし、新生活に馴染《なじ》むのに苦労してて、ほとんど会えない日が続いたよ、うん」

「それで、どうなったんですか」

涌井さんの眼差しは真剣だ。

「別れそうになったこともあったけど、なんとか続いたよ。無事に結婚もできた。関係を維持する秘訣《ひけつ》は、アメとムチだ。譲れないところはしっかり自分の意見を言う。逆に、譲歩できるところは可能な限り相手の言い分を受け入れる。それしかないよ！」

「なるほど……つまり、彼女とよく話し合えと」

「そう、そういうことだ！」

似た問題に直面した者同士で意気投合したらしく、涌井さんと助教授は、胡坐《あぐら》を組んで向き合い、注いだり注がれたりのやり取りを始めた。私はお払い箱ということらしかった。好都合だ。私は二人から距離を取り、再び羽生さんの方へと体を寄せた。

羽生さんはあろうことか、まだ阿久津と話し込んでいた。おまけに、飲み会の開始時点よりさらに距離が縮まっていた。緊急事態と判断し、私はビールをぐびりと飲んで勢いを付け、「何の話をしてるのー？」と能天気キャラを装って二人に声を掛けた。

「あ、森さん。今、阿久津さんの彼女の話をしてたんです」羽生さんは笑顔で言い、私の肘に軽くタッチした。「面白い人なんですよ、すごく」

「阿久津くん、彼女がいるんだ」

「ああ。ウチの大学の、医学部の四年生。高校の頃、全国模試でトップを取った天才なんだ。ホントにすごくてさ。一度読んだ本の内容は、絶対に忘れないんだって。ページをまるごと、写真みたいに記憶するらしい」

「へえ、それは確かにすごい」

「でもさ、最近は能力の無駄遣いばっかしてんだよ。オレの部屋で見つけたエロ本の全ページを覚えててさ、『こういうのが好きなんですよね』って言って、写真とおんなじポーズを取るんだよ。『いや、そうじゃない』って言っても全然聞いてくれなくて」

「ふーん」と気のない相槌を打ったものの、私は明と暗、二つの相反する感情を抱えていた。阿久津に交際相手がいる＝羽生さんにちょっかいを出す可能性は低い。これは安心材料だった。しかし、二人がいきなりそんなキワドイ話題を嗜《たしな》んでいたことに、私は動揺し、嫉妬《しっと》した。

そんな私の葛藤《かっとう》に油を注ぐように、羽生さんは「その時、彼女さんは裸ですよね」とさらに危険な領域に踏み込んだ質問をした。

「いや、いろいろだよ。どこから調達してんのか知らないけど、ブルマを穿いてみたり、ガーターベルトを着けてみたり、ルーズソックスを穿いてみたり……わけ分かんないんだよ」

「むしろそういうプレイなんじゃないですか」

「いや、違うって。向こうは真剣なんだから」

「じゃあ、エッチな本を持ってたことに怒ってるとか」

「うー、それはあるかもなあ」阿久津は顔を洗うラッコのように、濃い眉毛を含む目の周囲を両手でごしごしとこすった。「羽生さんはどうなの、そういうの。彼氏がエロ本を持ってたら、やっぱり腹が立つ？」

「全然平気ですよ。逆に、持ってない方が気持ち悪いです」

「そうなんだ。えっと、羽生さんは、今は彼氏は……」

「あ、いますよ」

軽く、ごく軽く、羽生さんはそう答えた。

ショックのあまり、私は手にしていたグラスを取り落しそうになった。

彼氏の有無を、阿久津は実にあっさりと尋ね、羽生さんもまた、あっさり答えた。私にとって、訊くことすら思い至らず、仮に思いついても訊けなかったであろうその問いは、飲み会の席で簡単に確認できるようなものだったのだ。

そして羽生さんは、自分の恋人の話に自然に移行していった。店内の喧騒で、おそらく私と阿久津以外には聞こえていなかったはずだが、仮に誰かに聞かれても構わないという声の大きさで、羽生さんはタカナシの素晴らしさを語っていた。

衝撃が大きすぎて、二人の会話に加わろうという気力は湧いてこなかった。その憂鬱な飲み会の間、私はただ苦いだけのビールをちびちび飲みながら過ごしたのだった。

7

その翌日から、阿久津はだいたい二日に一度のペースで研究室に顔を出すようになった。彼の実験台は棚を挟んだ私の正面で、助教授が直接、実験技術の指導をしていた。阿久津は筋がいいらしく、実験のコツをすぐに吞み込んでいった。九月も半ばを過ぎる頃には、阿久津は私とさほど変わらぬ量の実験をこなすようになっており、空き時間に研究室のメンバーと雑談する余裕も生まれていた。

一方、私はその頃急に忙しくなり始めていた。羽生さんにフラれて以降、なぜか私の研究はグイグイと進むようになり、目標としていた天然物の合成達成もまもなくというところまで来ていた。

合成が終わってからすぐに投稿できるように、私は学術論文の下書きをしていた。もちろん、実験も並行して進めなければならない。朝イチで反応をセットし、結果が出るのを待つ間は論文を書いて過ごす、という習慣がすっかり定着していた。

ある日の午前八時過ぎ。私が一人、実験室でキーボードを叩いていると、「おはようございます」と羽生さんがやってきた。

私は手を止め、「あれ、早いね」と振り返った。

「はい。これをお返ししようと思って」

彼女は、見覚えのある紙袋をバッグから取り出した。私が以前渡した、無修整のアダルトビデオが入った紙袋だった。実験室に誰もいない時間帯に返すために、羽生さんは普段より早く大学にやってきたのだ。私はドキドキしながら紙袋を受け取った。

「ど、どうだった？」

「画質は思ったより良かったですね。音声はひび割れてましたけど。あとはまあ、カメラワークが単調かなと。二本とも、女の人の顔ばかり映してましたね」

「えっと、そういう方向性の感想？　内容については……」

「内容は別に、普通でした。ただ、客観的に見た時の感じが分かったので、そこは興味深かったです」

「あ、そうですか……」

私は拍子抜けした。羽生さんは照れることも頰を赤らめることもなく、テレビで放映された映画の話でもするように、実に淡々と感想を述べた。

ため息をつき、私は紙袋をロッカーに戻すため、実験室を出ようとした。

廊下を歩く足音に気づかなかったことからすると、私はぼんやりしていたようだ。ドアノブに手を伸ばそうとした瞬間、ドアが突然開き、私は驚いて紙袋を取り落した。

床にぶつかった拍子に、紙袋から中身がずるんとはみ出した。

「おはようございまーす。おー、早いね二人とも」阿久津が笑顔で入ってきた。「実験の都合で早起きしたんだけどさ、眠くって眠くって……」

と、そこで彼は足元に滑り込んできた、ラベルのないビデオテープに目を留め、「ん、なんだこれ」と拾い上げた。

「あ、それは……」

「無修整のAVですよ」

適当にごまかす気満々だった私より先に、羽生さんが口を開いた。

「へえ、羽生さんが森くんに貸したの？」

「違いますよ、逆です、逆」と羽生さんは笑った。「見終わったので、さっき返したんです」

「お、羽生さん、こういうの見る趣味があるんだ。へえ、なるほど……」

にやりと笑う阿久津に、「ちょっと待ってくださいよ。一人で見たんじゃないですからね」と羽生さんがやや慌てた様子で言った。「彼氏と一緒に見たんです」

「ああ、そうなの。じゃ、そのあと盛り上がったんじゃない？」

「えへへ。わりと」羽生さんが嬉しそうにはにかんだ。「やっぱり男の人って、視覚的な刺激が好きなんですね」

「ま、そうだね。映像があると、興奮度が違うよね」

私を挟む形で、二人は早朝にまったくふさわしくない会話をしていた。

耳を塞ぎたい衝動に駆られたが、片想いのサガだろう、羽生さんの話を聞き逃したくないという気持ちの方が勝っていた。私は心痛と戦いながら、二人の視線を遮る位置に移動した。

「ビデオなら、他にもあるよ。もしよかったら、また貸そうか」

「あ、じゃあオレに貸してよ」

「いや、なんでだよ」と私は阿久津にツッコミを入れた。「彼女がいるくせに、そんなの見てもいいのかよ」

「それはそれ、これはこれ、だよ」

「あ、分かった。彼女さんと一緒に見て、また真似させる気ですね」

お返しとばかりに、羽生さんがそう指摘した。阿久津は「違うって」と言って、いないいないばあでもするみたいに、目元を手でこすった。

「オレだってその手のビデオを持ってるけど、彼女に見せたことはないよ。純粋に、個人的に楽しむだけだから。な、森くん。いいだろ。オレのを代わりに貸すから」

「……分かった。じゃあ、そうしよう」

大して興味はなかったが、話の流れでビデオテープを交換することになった。結果的に、この貸し借りは、私と阿久津が打ち解けるきっかけになった。

私は友人を作るのが昔から大の苦手だったが、阿久津は人懐っこい性格をしていた。いつの間にか、気づくと彼は私の近くにいて、私もそれを不快だとは思わなくなっていった。

九月の別のある日。午後六時半を少し回った頃、金田さんが実験室にふらりと姿を見せた。

彼女はざっと室内を見回し、つかつかと私のところにやってきた。

「やあ、なんか久しぶりだね。どうしたの」

「涌井さん、知らない？」

「二時間くらい前に帰ったよ。お祖母さんが入院したんだって」と答えると、金田さんは「そうなの？」と顔をしかめた。「一緒に晩ご飯食べに行くって約束してたのに」

「非常事態だから仕方ないよ」

「それにしてもさ、メールくらいくれたっていいじゃない」

納得できない、というように首を振り、そこで彼女は阿久津に目を留めた。阿久津は分液処理を行っていたが、彼女の視線に気づき、「オレに何か用かな？」と作業を中断した。

「あ、ごめんなさい。誰かなって思って」

二人はこの日が初対面であった。私は阿久津を金田さんに紹介した。

「へえ、君が噂の、涌井さんの彼女か」

「知ってたの？　私のこと」

「西岡さんが話題にしてたよ」と阿久津は笑った。西岡さんは涌井さんに彼女がいることに納得できないのか、「いーなー、いーなー」と飲み会のたびに涌井さんに絡んでいた。そのやり取りが阿久津の耳にも入ったのだろう。

「涌井さんにすっぽかされたんだってね。よかったら、森くんとオレと三人で一緒に食事に行かない？　同級生同士、親睦を深めようよ」

阿久津の提案に、「いいよ」と金田さんは頷いた。「一人で食べても味気ないし」

「よし、じゃあ決まりっと。えっと、この辺はどこの定食屋がうまいのかな」

阿久津のいる理学部は、農学部キャンパスから数百メートルは離れていた。農学部近隣の食事処情報には疎いらしかった。

「それなら、〈こころ〉がいいと思いますよ」帰り支度をしていた羽生さんが、我々の会話に加わってきた。「私も何度か行きましたけど、安くておいしいんです」

「お、そうなんだ。じゃあ決まり。羽生さんも一緒にどう？」

「いいですよ。すぐ出ますか？」

「オレは大丈夫。森くんも大丈夫だよな？」

無論であった。私が了解し、四人で食事に出ることになった。

〈こころ〉は定食屋で、農学部の正門を出て、通りを渡って三分ほど路地を進んだところにあった。店名は、お察しの通り、夏目漱石の小説にちなんで名づけられたものだ。

農学部本館をあとにし、我々はぶらぶらと構内を歩いた。日はとうに沈み、キャンパスは紫色を帯びた闇に埋もれようとしていた。ひと月前の苛烈な暑さが嘘のように、さらりとした、涼しい風が吹いていた。

「ところでさ、涌井さんとうまくいってないの？」

出し抜けに阿久津がそんな質問を金田さんにぶつけた。初対面にしては踏み込みすぎだ、と私はハラハラしたが、「ちょっとね」と答えた金田さんの表情は穏やかだった。

「その割には落ち込んでないように見えるけど」

「まあ、慣れてるから、こういうの。うまくいかない時期もあるよ」

「へえ。達観してるね。恋愛経験豊富なんだ」

金田さんは不敵に笑って、「中学二年の頃から彼氏が途切れたことはないよ」と言い放った。意外だ、と私は思った。失礼を承知で言えば、金田さんの容姿は、万人の目を惹《ひ》くというほど優れてはいなかったからだ。

目からうろこが落ちる、とはまさにこのことだろう。私はその時まで、常に恋愛し続けられるのは美男美女くらいのものだと思っていたが、これは明らかに偏見であった。

「ふーん、そうなんだ。ちなみに、最初の彼氏はどんなヤツ？」

わずかに逡巡して、「……担任の先生」と金田さんは答えた。

「うーわ、犯罪だよ」と阿久津は顔を手で覆った。「生々しい話聞いちゃったなあ」

「向こうは大学を出たばっかりだったから、十歳も離れてなかったよ」

「いや、年齢の問題じゃないよ。そんな、生徒と一線を越えるなんて、倫理的に問題が……」言いかけて、私は首をかしげた。「もしかして、越えてなかったのかな？」

「ううん、フツーに越えてたよ」

「ああ、そうですか。じゃあやっぱりアウトだ」と私は嘆息した。

「でも、私の中学でも似たような話はありましたよ」恋愛の話題が出るなり、羽生さんは瞳を輝かせ始めた。「先生と付き合うって、むしろステータスでしたね」

「うむ、年上に憧れる気持ちは分からないでもないけどなあ」阿久津が腕を組んで唸った。「羽生さんも先生と越えちゃってた系？」

「いえ、私は同級生と越えちゃいましたね」羽生さんはにっこりと笑った。「実は私も、中学二年から彼氏がいなかった時期ってないんです。金田さんと一緒ですね」

「へえ、すごいな。オレの彼女はオレとしか付き合ったことないって言ってたよ。俺も、大学に入ってから二年くらい彼女がいなかったし……ちなみに、今までに何人と付き合ったの？」

「五人ですね」と羽生さんが答え、「私は七人」と金田さんが続いた。

「そんなもんか。でもさ、それってどうやるの？　別れる時、そんなにほいほいと次の相手が見つかるもんかね」

「別れる直前って、他に気になる人がいることがほとんどなんですよ。っていうか、二股に近い状態の時もありますし。ねえ、金田さん」

「そうそう。そうなんだよね……」金田さんは歩道沿いのイチョウを見上げ、深いため息をついた。「私も次のことを考えた方がいいのかな」

「おおーい、なんか暗いなあ！」と阿久津が大きく手を広げた。「楽しい食事にしようよ、なあ！　って、なんだよ、森くんも顔が暗いじゃないか」

「そりゃあね」と私は頰に手を当てた。確かめてみたが、涙は出ていなかった。「自分との差を感じちゃってね」

「ありゃ、そうなのか。意外だな。俺は彼女がいたことがないから」

「クール系っていうの？　森くんの冷静な感じに惹かれる女の子もいると思うけど」

「いなかったよ、そんな奇特なお方は」と阿久津が首をひねった。

「きっと引っ込み思案なんだよ、そういう子は。心配しなくても、そのうち彼女ができるって」

そう言って、阿久津が私の肩にぷよぷよした腕を回してきた。正直鬱陶しかったが、私には「暑苦しいな！」と腕を跳ね除ける元気はなかった。

羽生さんは中学生の時に初体験を済ませていた。そして、それ以降はずっと彼氏がいて、合計五人と体の関係を持った。厳然たるその事実に、私は電話でフラれたあの日以来の衝撃を受けていた。

私が地べたを這いずるような青春を過ごしている間、彼女は遥か雲の上にある、快楽の世界に生きていた。無限にも等しいその差に私は打ちのめされ、しかしその悲しみを必死で内に留めようと努力していた。彼らは当たり前の話をしていただけだ。泣いたりしたら、奇異な目で見られることになってしまう。

結果的に、私は泣かなかった。それどころか、そのまま四人で〈こころ〉に行き、さして苦労もなくトンカツ定食を平らげた。

私がタフになったのか、それとも神経が鈍麻してしまったのか、あるいは感情がぶっ壊れてしまったのか。たぶんそのどれかだと思うが、未だにその答えは分からない。

8

十月から、私は就職活動を始めた。博士課程への進学の可能性を完全に捨てたわけではなかったが、この時期に始めないと手遅れになるため、「とりあえず」に近い形で私は就活に取り組むことにした。

ただ、自分の将来を考える時、私はもう、なるべく羽生さんのことは気にしないようにしていた。

彼女に対する想いは消えていなかった。いや、むしろ、日に日に重く心にのしかかってくる感じさえあった。だが、互いの関係が進展する兆しがない以上、彼女のことを考えて未来を設計するのはあまりに無謀なことだったし、私もそのことを正しく認識していた。

端的に言えば、一向に進まない恋の順番待ちの列に並び続けることに、私は倦《う》み始めていたのだった。

十月半ばのある水曜日、午後八時過ぎ。私が自分の席で論文を書いていると、「やあやあ」と阿久津が軽い調子でやってきた。

彼はすでに帰宅した羽生さんの席に腰を下ろし、「森くんに、いい話を持ってきたよ」とにやにやしながら言った。

私は手を止め、彼と向き合った。

「一応、聞こうか」

「一応と言わず、しっかり聞いてよ。実はね、合コンを開こうと思ってるんだ」

「ふむ。合コン、ね」

恋愛から見放され続けてきた私であったが、合コンには何度か参加したことがあった。前年に涌井さんが開いた合コンに呼んでもらったのだ。私は果敢にも、初対面の女性と飲食を共にするという試練に立ち向かったが、いずれの回も、成果と呼べるほどの結果を出すことはできずに終わっていた。

合コンで何かが起こると期待するほど私は能天気ではなかったが、参加してもいいかなという気分にはなっていた。おそらく、自覚のないまま、羽生さんのことを忘れさせてくれる存在を求めていたのだろう。

「どう？　参加してみない？」

「うーん。ちなみに、相手はどういう人たち？」

「オレの彼女の知り合い。彼女曰《いわ》く、結構可愛い子が多いらしいよ」

「阿久津くんはそれに参加しても大丈夫なの？　彼女が怒るんじゃないの」

「大丈夫大丈夫。彼女はオレのこと信じてるから。信用があるんだ、信用が」

そういうことなら、と私が承諾しようとした時、「はいはいはいーっ！」と駆け寄ってきた男がいた。西岡さんだった。

「今、合コンって言ったでしょ！」

「ええ、言いましたけど……」

突然の乱入者に、阿久津が引きつった表情で頷いた。

「それ、ボクも参加したい。どうかな」

「あ、そういうことですか。別に構わないですよ」

「よっしゃあ！」

西岡さんが、ボウリングでパーフェクトでも取ったかのような、大げさなガッツポーズをした。

「いいんですか？　西岡さんが望むような清純な子は、合コンには来ないんじゃ……」

「そんなことはないよ、森丸くん！　出会いの場を持つことを否定しちゃいけない。とにかくきっかけをたくさん作る、それが大事なんだよ！」

西岡さんが全力で否定するものだから、私の腕に唾が飛んできた。私は顔をしかめながら、それを椅子の座面で拭った。かなりやる気になっているようだが、彼が全力を出せば出すほど女性は引いてしまうことを、私はよく知っていた。前年の合コンでは、西岡さんが暴走するシーンを何度も見せつけられたものだ。

「西岡さん。おっしゃることはよく分かりました。ただ、これだけは覚えておいてください。東京在住の女性に、阪神の話題は響かないんですよ」

「……それは、うん、そうかもしれない」西岡さんは珍しく素直に認めた。「ボクだって薄々分かってたよ。川藤どころか、掛布《かけふ》さえ知らない子ばっかりだし。だから、最近はタイガース以外のことにも詳しくなろうと頑張ってるんだ。当日はそれを見せてあげるよ！」

「だ、そうだよ」と阿久津が私の膝に手を置いた。「どうかな、森くん」

「せっかく誘ってくれたし、行くよ。盛り上げるのは苦手だけど」

「大丈夫、きっと楽しい会になるよ」

阿久津が親指を立ててみせた。西岡さんも便乗して、「いえーい」と私の方に両手の親指を突き出した。二人がやけに自信たっぷりだったので、私は逆に不安になった。

今にして思えば、あれがたぶん、虫の知らせというやつだったのだろう。


合コンは、その週の金曜日に開催された。場所は池袋であった。私、西岡さん、阿久津の三人は大学の最寄駅から揃って電車に乗り、直接店へと向かった。

私の日常は、大学と自宅の往復＋若干の秋葉原探索で構成されており、池袋にやってくるのはほぼ一年ぶりのことであった。

金曜日の午後七時前の池袋駅は尋常ならざる混雑ぶりで、田舎者かつ方向音痴という二重苦を背負っていた私には恐怖でしかなかった。はぐれたら最後だと分かっていたので、私は必死で阿久津のあとを追って駅の改札を抜けた。

サンシャイン60方面にしばらく進み、途中で路地に入った。駅を離れても喧騒は相変わらずで、軽トラックがやっと通れるほどの幅の道は、飲み屋を求めてさまようビジネスマンの群れと、客引きで必死な店員たちで埋め尽くされていた。

東京コワイと怯《おび》える私に対し、阿久津は鼻歌を口ずさむほどの余裕を醸し出していた。

何度もこの辺りを歩いたことがあったのだろう。彼は迷う様子もなく、的確に角を曲がっていった。

やがて、我々は目的地である、半地下のレストランに到着した。「様々な肉料理をお手頃価格で提供する」というコンセプトの店で、店内は薄暗く、人の声の合間を縫ってジャズと思しき音楽が流れていた。

壁に沿うように六人掛けのテーブルが八卓並んでおり、各卓の間には木製の衝立《ついたて》が置かれていた。我々は店員に案内され、予約席へと向かった。ほとんどの席が埋まっているようだったが、我々の席にはまだ誰も座っていなかった。

腕時計に目を落とし、阿久津は首をかしげた。

「向こうはちょっと遅れてるみたいだな。座って待ちますか」

「ねえねえ、どういう風に座る？」西岡さんの鼻息は荒かった。「男女で両サイドに分かれる？　それとも、ジグザグ？」

「じゃ、ジグザグにしますか。オレは幹事なんで下座に座ります。好きなところを選んでもらっていいですよ。相手がどこに座るかはランダムということで」

テーブルの左右に、三台ずつ椅子が置かれていた。西岡さんは、「よし、じゃあボクはここだ！」と言って、壁側の真ん中に座った。阿久津は通路側の入口に近い方、私はその二つ隣と自然に決まった。

熱いおしぼりで手を拭き、私は深呼吸をした。充分にコントロールできる、ほどよい緊張の中に、きっとうまくやれるはずだという確かな自信があった。羽生さんと出会ってからの半年で、私は恋愛というものの現実に触れ、精神的に鍛えられた。あまり近くに来られるとドギマギするのは変わらないが、少なくとも、女性と言葉を交わすことに抵抗はなかった。

我に策あり、合コン何ぞ懼《おそ》るるに足らんや。私は自分を鼓舞しながら、女性陣が現れるのを今や遅しと待っていた。

開始予定時刻の午後七時を五分ほど過ぎた時だった。店の出入口の方で「いらっしゃいませー」という店員の声がした。

キタっ、と私が身構えると同時に、「おっ」と西岡さんが立ち上がった。早くも鼻の下が伸びていた。

焦るな焦るな、と自分に言い聞かせ、私はさりげなく顔を横に向けた。

三人の女性が、店員に案内されてこちらに向かっていた。ざっと全員の顔をチェックしたが、残念ながら、三人とも非眼鏡っ子だった。しかし、私は落胆しなかった。彼女たちは全員、非常に可愛かったからだ。私は無類の眼鏡っ子好きであったが、美醜の概念を持ち合わせていないわけではなかった。同じ裸眼なら、美人の方がいいに決まっている。

「やあ、いらっしゃいませ」

阿久津が手を挙げて彼女たちを迎えた。三人のうち、最も背の低い、黒髪ショートヘアの子が、「久しぶり」と阿久津の向かいに座った。二人には面識があるようだ。彼女が女性側の幹事であった。

残りの二人——一人は背が高く、吊り目がちで気が強そうに見え、もう一人はかなり明るめの茶色に髪を染めていて、化粧が派手だった——は顔を見合わせ、「じゃ、適当に座ろうか」と言って、それぞれ席に腰を落ち着けた。背の高い子が私と阿久津の間、茶髪の子が西岡さんの隣だった。

西岡さんは「いや、どうもどうも」と言って、さっそく横の子をもてなし始めた。私も負けじと、長身の女性に「初めまして」と軽く会釈した。

「あ、ども」と微かに顎を引き、彼女は椅子の背に体を預けた。あれ、と私は違和感を覚えた。彼女がにこりともしなかったからだ。

「じゃあ、始めましょうか。とりあえず自己紹介を」

阿久津の音頭で、我々は順に名乗り、双方の幹事との関係性を簡単に説明した。

私の隣に座った女性の名は、森永《もりなが》と言った。幹事の女性（名前は失念した）と同じ、某私大の文学部の四年生だということだった。ちなみに、私の正面にいた茶髪の子は、奇遇にも「川藤さん」であり、それを知った西岡さんのテンションは急上昇した。

一方、私も森永さんに親しみを覚えていた。私も彼女も、苗字に「森」という文字が使われていたからだ。これが縁というものだろうか、と私は感じていた。彼女はひょっとすると、運命を変えてくれる人なのではないか、と私はおぼろげに期待していた。

全員に生ビールが行き渡り、乾杯ののち歓談タイムとなった。西岡さんは川藤さんと、阿久津は幹事の子と喋り始めたため、成り行き上、森永さんと話す形になった。私は初めて名人戦に挑む若き棋士のように熟慮した末、初手として、「文学部って、どういうことを学ぶんですか」と、至極オーソドックスな質問をした。

「え？」阿久津の方を見ていた森永さんが、億劫《おっくう》そうにこちらを向いた。「……別に、普通ですけど」

「普通というと……」

「イギリスの作家が書いた本を読んでます」

早口で言って、彼女は左手で自分の前髪を払った。つれない対応に、先ほどからの違和感が、じわっとその濃度を増した。

何かがおかしい、と私は焦り始めていた。話題を変えねばと思い、「森永さんは、出身地は」と私は尋ねた。

「……東京ですけど、それが何か」

ジョッキに残ったビールを飲み干し、彼女は通り掛かった店員に赤ワインを頼んだ。

依然として、彼女は一度も笑顔を見せていなかったし、私と目を合わせようともしなかった。

私はその後も、彼女にいくつかの質問を投げ掛けた。誕生日は何月か、兄弟はいるのか、好きな食べ物、嫌いな食べ物、大学のサークル、休日の過ごし方、趣味……。最初の方は、面倒臭そうにしながらも、森永さんは一応返事をしていた。だが、当初は文章の形を取っていた返答はやがて単語オンリーに変わり、続いて「はい・いいえ」の二択になり、最終的に彼女は私の問いを無視するようになった。

それは、生まれて初めて味わう種類の屈辱だった。悔しいが、認めざるを得なかった。彼女は私を拒絶しているのだと。

私の心はぽっきりと折れた。話し掛け続ける気力もなく、私は唇を噛み締めて黙り込んだ。そして、私と彼女の周囲には、完全なる無言タイムが訪れた。

しばらくして、阿久津が異常に気づいた。彼は私と森永さんを見比べ、速やかに事情を察したようで、「じゃ、そろそろ席替えでもしようか！」と提案した。

「え、いいじゃない、このままで！」

空気を読まずにそう言い放ったのは、川藤さんに夢中になっていた西岡さんで、それに同調するように、森永さんも「動くの面倒だし」とぼそっと言った。ただでさえ薄暗い店内の照明が、さらに一段階暗くなったような気がした。

結局、席替えは行われず、私は合コンが終わるまでの二時間、剣山の上で正座をさせられるような苦痛を味わい続けることとなった。

合コン後、我々は店の前で解散した。

「いやあ、楽しかったねえ！」

西岡さんはひたすら上機嫌であったが、私と阿久津は駅へと向かう人ごみの中を、肩を落として歩いていた。

「……ごめん、森くん。こんなことになって」

「いや、阿久津くんのせいじゃないよ。俺が面白い話題を振れなかったから」

「あとで訊いたら、あの森永って子、かなりわがままみたいでさ。少しでも気に入らないことがあると、すぐにへそを曲げるんだって」

「そっか。よほど、俺の隣が嫌だったんだろうな」

阿久津は私を元気づけようとしてくれたが、すぐに立ち直ることはできなかった。原因は分からないが、彼女が不快感を覚えたのは事実だ。「拒絶され、二時間近く無言を貫き通すことを余儀なくされた」という事実は、私の新たなトラウマになった。

なお、それ以降、私は一度も合コンに行っていない。

9

プライベートは散々であったが、裏腹に私の研究は好調だった。論文作成に必要な追加実験を行ったり、農学部内で行われた研究発表会でプレゼンをしたり、静岡で開かれた化学系の学会に参加し、ポスター発表を行ったりした。

また、就職活動の方も順調であった。書類選考をクリアし、面接にまで進んでいる会社も何社かあり、進学の可能性を残しつつも、私は大学生活の終わりを微かに予感していた。

そうして、研究と就活の忙しい日々を過ごすうち、いつの間にか季節は晩秋から初冬に移り変わり、ふと気づけば年末が目の前に迫っていた。

十二月二十五日、火曜日。研究室にやってきた羽生さんは、笑顔で実験の準備を進めていた。鼻歌でも歌いだしそうなほど彼女が上機嫌な理由を、私は察していた。

クリスマスイブ。その呪わしき日――クリスチャンの方、申し訳ありません――の夜、世のあまたのカップルと同様、羽生さんとタカナシは性交渉に励んだのだろう。恋人たちにとって最も重要なイベントをつつがなく終えた彼女の機嫌がいいのは、至極当然の帰結と言えた。

ちなみに私は、その地獄のような夜をなんとか乗り切るため、自宅で布団にくるまって震えていた。皮肉なもので、冷え冷えとした夜の底に置き去りにされると、普段以上に想像力が高まった。目を閉じるとどうしても羽生さんの痴態が思い浮かんでしまうので、蛍光灯の明かりを眺めながら例年以上に辛い時間を耐え忍ぶ羽目になった。

心身共に疲れていたが、私の隣には羽生さんがいた。聞けば余計に傷つくと分かっていても、「今朝はずいぶん楽しそうだね」と話し掛けずにはいられなかった。

「分かりますか？」

羽生さんは待ってましたとばかりに、手にしていたナスフラスコを台に置き、私のすぐそばまでやってきた。

タカナシのことは、未だに他の研究室のメンバーには明かされていなかった。私は周りに気を遣いつつ、「熱い夜だったんでしょ」と小声で尋ねた。

「えへへ、そうなんです。でも、ちょっとしたトラブルがあって」

やめておけばいいのに、私は「へえ、どんな？」と訊いた。

「彼氏の車でドライブしてて、高速のサービスエリアで、その、いい感じになって、車の中でイチャイチャしてたら……外から誰かに見られてたんですよ。びっくりしちゃって、慌てて車を出してもらいました」

ほら見ろ、言わんこっちゃない。私は進んで新たなトラウマを作りに行った自分を呪《のろ》いながら、「時と場所を選ぼうね」と苦笑してみせた。

「ホントに。うっかりしてました」

恥ずかしそうな笑みを浮かべる羽生さんは、嫌になるほど魅力的であった。

羽生さんはまだまだ話し足りない様子だったが、私はこれ以上は危険だと感じていた。性的なエピソードを聞かされ続けたら、『機動戦士Zガンダム』の主人公・カミーユ＝ビダンのように精神崩壊してしまいかねない。「さ、そろそろNMRが終わったかな」と白々しく言って、私は実験室を脱出した。

ため息をつき、肩を落として地下の測定室に向かう途中、踊り場で西岡さんの姿を見かけた。彼は携帯電話の画面を見つめながら、なんと、涙をこぼしていた。

「ど、どうしたんですか」

明らかに異常事態であった。私は思わず彼に声を掛けていた。

「……ああ、森丸くん」西岡さんは袖で涙を拭い、壁にもたれて吐息を落とした。

「……十月の合コンのこと、覚えてるよね、もちろん」

「ええ、そりゃもう」

私は舌打ちを我慢しなければならなかった。あの屈辱を、一体どうして忘れられようか。

「あのあと、川藤さんとメールをやり取りするようになってさ。名前が川藤だし、可愛いし、ボク、すぐに好きになっちゃって」

おいおい、これはひょっとして……。漂い出した剣呑《けんのん》な気配に戸惑いつつも、「それで？」と私は先を促した。

「先週、どうしても我慢できなくなって、デートに誘うつもりで訊いたんだ。『クリスマスはどうするの』って。そしたら、『彼氏と過ごす』って言われちゃってさ……」

ああ、と声にならぬ言葉が私の口から漏れた。それでは泣くのも仕方ない。私と違い、きちんと手順を踏んでから現実を知ったとはいえ、辛いことには変わりない。

「それは大変でしたね」

私は同情を目いっぱい込めて頷いた。

「今もメールを送ろうとしてたんだけど、どうしても文面が浮かんでこなくって」

「分かります」

私は力強く同意した。見たことのない彼氏の顔が頭をよぎると、文章を考える気力は一瞬で萎えるものだ。

「恋が、こんなに苦しいものだとは思わなかったよ。でも、ボクは諦めたくない。川藤さんのことが好きだから！」

どこか芝居がかった調子で宣言して、西岡さんは実験室に戻っていった。遠ざかっていく彼の足音を聞きながら、言えなかった言葉を、私は呟いた。

「止《や》めておいた方がいいと思うけどなぁ……」

10

研究室では、夏季休暇と冬期休暇の日程を自分で決めることが許されていた。数カ月ずっと忙しい日々を過ごしていたので、リフレッシュのつもりで、思い切って、十二月二十九日から丸々一週間休みを取ることにした。

といっても、遠出する気はさらさらなく、私はいつものように実家に帰省した。

久しぶりに実家に戻るなり、母親から一枚のはがきを渡された。それは、高校三年生の時のクラスメイトからで、同窓会の開かれる場所と日時を知らせるものだった。

それを見て思い出した。九月頃に、「同窓会があるらしいけど、あんたどうするの？」と母に訊かれ、「じゃあ出席にしておいて」と答えていたのだった。

「あー、どうしようかな」

私は案内のはがきをこたつの天板に投げ出し、ごろりとその場に寝転がった。「参加する」と考えなしに言ってしまったことを、若干後悔していた。

私は家から一番近い高校ではなく、電車と徒歩で三十分ほど掛かる、隣の市の進学校に通っていた。中学校の同級生が一人もおらず、あまり友人はできなかったが、それは私が勉学に明け暮れたからであって、望んで手にした孤独だった。ゆえに、その三年間に対しては悪い印象はなかった。

参加するにやぶさかではない。しかし、例の合コンで受けた精神的ダメージはまだ尾を引いていた。同窓会にはもちろん女子も来るだろう。高校時代、ほとんど話したことのなかった彼女たちが、私をあっさり拒絶する可能性は、決して低くない。私はそのことを恐れていたのだった。

私は年が明けるまでうじうじと悩み続け、結局、参加するという結論を出した。幹事に電話でキャンセルを伝えるのが申し訳なかったし、トラウマをなんとか乗り越えたいという思いもあった。

二〇〇二年一月三日、午後六時四十分。私は、かつて通っていた高校の近くにある居酒屋を訪れた。L字型のカウンターと、四人掛けのテーブルが数席、店の奥には、横に長い、二十畳ほどの座敷があった。高校の頃は毎日その店の前を通っていたが、中に入るのは初めてだった。

座敷のテーブルの周りには、すでにクラスメイトの姿があった。私の顔を見て、「おお、森じゃんか」と男子が反応し、女子も「あ、久しぶりー」と朗らかに迎えてくれた。私は心底ほっとし、「どうもどうも」と彼らの近くに腰を下ろした。

他愛もない近況報告をしているうちに参加者がぞくぞくと来店し、七時になる頃には、座敷は懐かしい顔で埋め尽くされた。当時の担任も呼ばれていて、私は一瞬、五年前にタイムスリップしたような気分になった。

今回の幹事――クラスの委員長だった男だった――が乾杯の音頭を取り、同窓会がスタートした。

「和気藹々《わきあいあい》」という言葉はこの夜のためにあるのでは、というほど、同窓会は和やかに盛り上がった。お調子者として認識されていた男がすでに結婚し、子供がいるという話題を楽しげに振り撒《ま》き、負けじと女子の一人がバツイチであることを明かし、これからたくましく生きていくのだと力強く宣言したりした。私の近くでは、「昔○○さんのことが好きだったんだよな」的なよくある話題を持ち出す男子がいた。惚れられていた本人は「私は別に」と笑い、あっさりフラれた男子の方も、「だよなー」と明るく笑っていた。二人の態度には、恋愛に随伴する真剣さはなく、過去をつまみに盛り上がろうという爽やかさだけが含まれていた。

彼らは大人になったのだな、と私はしみじみとビールを飲んだ。私もまた、去年一年で多少成長したのだ、という実感もあった。少なくとも、私は恋愛の現実を知った。これは大いなる変革であった。

時間が経つにつれ、多くのクラスメイトが、最初に座っていた場所を離れて自由に移動し始めた。私はしばらくその様子を眺めつつ、そばに来たクラスメイトと喋っていたが、いつまでも食虫植物のごとき待ちの姿勢もどうかと思い、数学の点数を競い合っていたライバル的男子が去っていったタイミングで腰を上げた。

どこに移ろうかと、きょろきょろと座敷を見回していると、「森くん」と名前を呼ばれた。そちらに顔を向けると、目つきの鋭い女性が私を見ていた。彼女の雪宮《ゆきみや》という美しい苗字を、私は覚えていた。

角ばった輪郭、整った鼻筋、そして薄い唇。化粧の技術を身につけたからだろう。彼女は明らかに高校時代より綺麗になっていた。髪型も、黒のポニーテールからモカブラウンのショートボブへと大きく変わっていた。

「ああ、久しぶり」

私は雪宮の隣に座った。彼女と一対一で話すのはこの時が初めてであった。私服姿を見るのも初めてで、彼女は兎《うさぎ》の毛のような、白いふわふわのセーターを着ていた。

「森くん、東京だよね、今」

「うん。大学院生」私は過去の記憶の断片を寄せ集め、「雪宮さんは……確か、福岡にいるんだっけ？」と尋ねた。

「そうだよ。私も大学院に通ってるんだ」

やや誇らしげに言い、雪宮はカルーアミルクをこくりと飲んだ。

「理系だったよね。えっと、専攻はなんだっけ」

「化学だよ。有機化学」

私と同じ分野だ。聞けば、雪宮の所属している研究室の教授は、我々の世界では有名な人物であった。彼は、ミミズの体表面の分泌物とか、蟬の抜け殻とか、身近にある割に誰からも注目されることのない材料を徹底的に分析し、新しい構造の物質を次々に発表していた。

マニアックな話題ほど盛り上がりやすいものだ。我々は互いの研究内容を紹介しあい、実験にまつわる苦労話を共有した。

会話の中に恋愛要素は一切含まれていなかったが、私は楽しかった。昔の顔見知りと「今」の話ができることに、私は喜びを見出していた。

そうして彼女と話しているうちに、いつの間にか同窓会は終わりの時刻を迎えていた。

「あれ、もうおしまいなんだ」

「なんだかあっという間だね」と雪宮が名残惜しそうに言った。「森くんと話ができてよかった。すごく参考になったよ」

「そう？　それはよかった。俺も面白かったよ」

「ねえ、もしよかったら、連絡先教えてくれない？」

そう言って、雪宮が私の方に体を寄せてきた。彼女の体からは、アルコールとシャンプーの匂いが混ざった、甘ったるい香りがしていた。

「いいよ」

携帯電話を取り出し、電話番号とメールアドレスを交換した。

雪宮のメールアドレスは、〈neko_neko〉で始まっていた。「猫が好きだから、nekoという文字列を入れよう！」という単純すぎる思考が透けて見えた瞬間、もぞり、と体の中で何かが疼《うず》いた気がした。

その夜から、私は雪宮とメールを送り合うようになった。実家にいるうちは日に二、三通だったのが、正月休みが明け、互いに大学に戻ってからは五通以上に増えた。内容はやはり実験に関する話題がほとんどで、阿久津と羽生さんの間で交わされるような、生々しい下ネタは皆無だった。

〈先輩がそっちにいるから、今度、東京に行くんだ〉

そのメールが届いたのは、二月に入ってすぐのことだった。雪宮は学部時代に合気道サークルに籍を置いており、二つ上の女性の先輩と親しかったらしい。その先輩は東京で働いており、年に何度か遊びに行くという話だった。

せっかく近くにいるんだから、ということで、彼女の上京に合わせて食事をすることにした。

雪宮が待ち合わせ場所に指定したのは、よりにもよって池袋であった。二月半ばの土曜日の午後七時。私は忌まわしき地を再び訪れた。

寒風の吹き込む隙もない人ごみを掻き分けて切符売り場に向かうと、券売機のすぐそばに雪宮の姿があった。彼女は赤いダッフルコートとピンクの手袋、格子柄のこげ茶色のスカート、黒タイツに黒のブーツという装いであった。

「あ、森くん。よかった、合流できたね」

「うん、さすがに土曜の夜はすごいね。先輩さんはまだ来てないの？」

私は周囲を見回した。三人で有名店のラーメンを食べる予定になっていた。

「言うの忘れてた。ごめん。都合が悪くて来れないんだって」

彼女が申し訳なさそうに手を合わせた。

「そうなんだ。別に構わないけど」と私は言った。初対面の相手と一緒に食事するより、雪宮と二人っきりの方がありがたかった。

後年になって思い至ったのだが、ひょっとすると雪宮は最初から、先輩抜きで私と会うつもりだったのかもしれない。理由なく会うのがためらわれたため、先輩をダシに私を呼び出したのではないだろうか。あくまで傍証だが、私は結局、その先輩氏と会うことはなかったし、雪宮は彼女のことを細かく訊かれるのを嫌がった。

あるいは、そんな先輩はそもそも存在しないのではないか——という可能性も考えないではなかったが、結局、それを確かめることはしなかった。

いずれにせよ、この時点の私は、そんな可能性に気づくことなく、かつての同級生とラーメンを食べに行くという非日常的状況に舞い上がり、ふわふわした気分でいた。

雪宮はあらかじめ、そのラーメン店の場所を調べてきてくれていた。彼女のおかげで、我々は池袋の複雑な街路をあっさり攻略し、さして時間をかけずに目的地に到着することができた。

だが、さすがはガイドブックに載っているような有名店。店の前には十数人が列を作っていた。おそらく、最低でも三十分は待つことになりそうだった。

私は二の腕をこすりながら、「あー、混んでるね。どうしようか」と言った。

「なに言ってるの?」雪宮は眉をひそめ、私を睨《にら》んだ。「せっかくここまで来たんだよ。並ぶに決まってるでしょ」

私が尻込みしたことに雪宮は明らかに苛立《いらだ》っていた。その怒りの表情で、高校時代のあるエピソードが克明に脳裏に蘇った。

あれは、体育祭で掲げる応援旗を全員で作っていた時のことだった。応援旗は一辺が三メートルほどの巨大なもので、各クラスが自由にデザインし、自ら色を塗って完成させることになっていた。

私のクラスのモチーフは、委員長——この間の同窓会で幹事を務めた男だ——の家が青果店だったことにちなみ、「野菜」だった。絵心のある女子数名が水性ペンで輪郭を描き、男子が色を塗っていくという役割分担で作業をしていたのだが、途中でお調子者の男子が、「野菜に顔を描こうぜ」と言い出した。それは面白い、と男子たちは囃し立て、そんなの変だよ、と女子たちは不快感を示した。やがて我々は作業の手を止め、顔を入れるかどうかについて議論を始めた。共同作業にテンションが上がっていたせいだろう。議論は議論の体を成さず、そのうちに雑談に変わっていき、誰もがお喋りそのものを楽しむようになっていった。

「――いい加減にしてよっ！　全然進んでないじゃない！」

作業が止まってから十五分後。教室中に響き渡った声が、全員の動きを停止させた。教室の隅で、肩をいからせ、我々を睨み付けていたのは、他でもない雪宮だった。

その時の雰囲気を思い出し、私は身震いをした。

雪宮は感情の起伏が激しいのだ、と私は再認識し、それを口にするような愚はさすがに犯さず、「そうだね、じゃあ並ぼうか」とおとなしく列の最後尾に付いた。

「東京だと、こういうの普通じゃないの？」

そう尋ねてきた雪宮の声に棘《とげ》はなかった。イラっとしたのは一瞬だけのことだったようだ。私はほっとしながら、「どうだろう」と首をかしげた。「分かんないなあ。あんまり外食はしないから。行くのは大学の近くの店くらいかな」

「そうなんだ。……でも、その、おん……とさ……」

喧騒に紛れてうまく聞き取れず、私は「ごめん、もう一回」と彼女の方に顔を寄せた。

「女の子と、って言ったの」

「ああ、女の子と。それで？」

「だから、女の子と出掛けたりしたら、外で食べるでしょ」

「へへっ」と自虐的な笑いが漏れた。「ないんだよ、そういうことは」

「そう……なんだ」

そこで雪宮は黙り込んだ。おやっと思って隣に目を向けたタイミングで、ゆっくりと雪宮がこちらを向いた。

「森くんって、今、彼女……いないの？」

私の脳裏に、一瞬、羽生さんの笑顔が思い浮かんだ。

だが、私は反射的に、「え、いないけど」と答えていた。

「ふーん、そうなんだ。意外」

雪宮は、『ドラゴンボール』の天津飯が気功砲を打つ時のように、顔の前で両手の指先を合わせて「えへへ」とはにかんだ。可愛いな、と思ったことは認めねばならない。心拍数が高まっていたのも確かだ。

緊張感に引っ張られるように夜空を見上げ、「雪宮さんは、どうなの」と私は訊いた。

「私も、いないんだ」

雪宮は小さな、しかしはっきりと聞こえる声でそう答えた。

「そっか。お互い、寂しいね」

私はそう言って、大きく息を吐き出した。

息が白く煙って消えていくのを見つめながら、そうか、いないんだ、と私は心の中で繰り返し呟いた。

間違いなく、私はその時、何かが始まりそうな気配を感じていた。

◆原作者より、物語の半分を読み終えたあなたへ◆

再びお邪魔する。「私」である。

Chapter2では、二〇〇一年の七月から二〇〇二年の二月までを読んでいただいた。告白失敗後の森氏が、酔っ払いが運転する車のように、ふらふらしていたことがよくお分かりになったと思う。

研究室旅行で羽生氏に手を出したかと思えば、阿久津氏に誘われた合コンに顔を出してみたり、同窓会で再会した雪宮氏といい感じになったりしている。

不純な生き方だと思われただろうか？　しかし、彼は望んでそうしていたわけではない。（と本人は証言している）その時その時で、一番いいと思ったことをやった結果、そうなっただけであるそうだ。それは自然で、恋愛の只中《ただなか》にある人間らしい振る舞いであったと、「私」は思う。むしろ、幸せを得ようと努力した森氏の姿勢を褒めるべきであろう。

何はともあれ、本書はここで折り返し地点を迎える。しかしながら、登場人物はまだ出揃っていない。

一人が新たに加わることで、人間関係が一変することもある。必要以上に煽るつもりはないが、森氏の未来を現時点で予測するのは困難であろう。

森氏は、「私」と喜多喜久氏が同席したインタビューの中でこう述懐していた。

「大学院時代は、本当に何もかも後悔だらけの二年間でしたけど、改善の余地があるのは、むしろ二〇〇一年より、二〇〇二年の方だったと思います」

当事者の一人として、「私」もその意見には賛同する。些細《ささい》な出来事が将来を大きく左右するほど、あの頃は誰もが不安定な精神状態にあった。

先のパートで、「私」は恋愛における注意事項を四つ挙げた。本パートの締めくくりに、もう一つ追加させていただく。

⑤精神の衝撃を和らげるために、いついかなる時も最悪を想定すべし。

これは恋愛というより、人生全体に当てはめるべき注意事項かもしれない。ショックに弱いと自覚している読者の方には、ぜひこの一文を覚えておいていただきたいと思う。

Chapter
3

1

季節は冬から春へと静かに移り変わり、再び四月が訪れた。

私は修士二年生になり、羽生さんは無事大学院生となった。ついでに言えば、西岡さんは博士課程に進学した。天然物合成科学研究室は人員が少ないため、そもそも人の出入りもあまりないのだが、涌井さんは修士課程を修了し、研究室を巣立っていった。

一方、新たに来る者もいた。新四年生である。この年は、他大からの研究生受け入れはなく、木下《きのした》という名の内部生が一人、入ってきた。

研究室に初めてやってきた木下は、濃紺のスーツを着ていた。整髪剤でぴっちりと頭を固め、髭《ひげ》の剃《そ》り跡も青々しい彼は、全身で初々しさを体現していた。ソース顔と言うのだろうか、彫りが深く、顎の先が微妙に割れていたが、ハーフでもクォーターでもなく、純日本人だったと聞いている。

「初めまして、木下と申します。どうぞ、ご指導ご鞭撻《べんたつ》のほどよろしくお願い申し上げます！」

えらく堅苦しい挨拶をして、彼は深々と頭を下げた。ずいぶん真面目そうなヤツだな、と感じたことを今でもよく覚えている。彼は実際、かなり教育熱心な親に育てられたようで、きびきびとした動作と丁寧な物腰を信条としていた。

しかし、彼にはある重大な欠点があった。それに関しては、のちほど触れたい。

何はともあれ、こうして新年度がスタートした。涌井さんの抜けたところにそのまま木下が収まったので、席替えは行われず、羽生さんの席は昨年度に引き続き、私の隣であった。

「森さんのおかげで、無事に大学院生になれました。これからも、どうぞよろしくお願いいたします」

羽生さんの笑顔は、昨年よりもさらに輝きを増して見えた。それは恋愛絡みの理由ではなく、知的な興奮のためだったと思われる。羽生さんは大学院進学に伴い、新たなテーマに挑むことが決まっていた。そのテーマは、海綿動物とかいう得体の知れない海の生き物が産生するポリエーテルなる物質の合成で、当時としてはかなりハイレベルな研究だった。分かりやすく言えば、「めちゃくちゃ作るのが難しいものを作ろうぜ！」というコンセプトであった。

「大変なテーマだけど、結果が出ればすごいと思う。頑張ってね」

「はい。これからは毎日がっつり実験しますよ」と彼女は腕まくりしながら言った。

「……大丈夫？」と私は声を潜めて訊いた。「その、デートとか」

「向こうも四月から院生なんで、結構忙しくなるみたいです。会う回数は減りますね、どうしても」

タカナシは工学部の学生だった。理系はどこも実験、また実験である。羽生さんの言葉を聞いて、俺にもまだチャンスがあるのでは、と私は思った。

二人が共に忙しくなれば、すれ違いが増え、やがて隙間風が吹き始めるのではないか。いや、しかし、そんな都合のいい展開になるだろうか。これまでのように、ラブラブトークを聞かされて苦しむだけなのではないか……。

そうやって悶々とする私に気づかず、「あ、これを言っておかなきゃ」と羽生さんが居住まいを正した。「先生から聞きました。内定、おめでとうございます」

「……ああ、どうもありがとう」

三月末に、私は名古屋にある化学メーカーへの就職を決めていた。内定を出してくれた会社は他にもいくつかあったが、馴染みのある場所——三重の実家から通うのはさすがに無理だが——という要素が決め手となり、そちらの会社を選んだのだった。

「結構大きな会社ですよね。これで、将来安泰ですね」

「いやあ、どうかな。しっかり頑張らないと、あっさりクビになるかもしれないし」

「森さんなら大丈夫ですよ。きっと。……でも、来年は寂しくなりますね」

　ぽつりと付け加えた一言が、胸に染みた。

　就職するということは、当然、博士課程に進まないということだ。そしてそれは、羽生さんとの訣別《けつべつ》と同義であった。

　羽生さんへの想いを断ち切れずにいた一方で、私は一年近くにわたる片思いに疲弊し、このまま彼女の近くにいたら精神的に壊れてしまうと感じていた。それを回避するためには、環境を大きく変えるしかないと考えてもいた。

　雪宮の存在も、私の進路に影響したと思う。就職活動で最終面接を受ける頃、私は雪宮と親しくなる過程の途中にあった。雪宮と交際すれば羽生さんのことを忘れられる、という逃避的な期待があったのは間違いない。


　その日の夜、研究室ではさっそく新人歓迎会が開かれた。場所はいつもと同じく、根津の〈喰いもん屋〉であった。

　実験の都合で、私はみんなから少し遅れて、一人で店に到着した。

　上り框のところで立ち止まり、座敷を見回すと、羽生さんは木下と助教授の間に座っていた。座敷の上座に近い場所だ。

　それを確認し、私はあえて羽生さんから離れた下座に座った。右隣が阿久津、左隣が西岡さん。むさくるしい空間だったが、これでいいのだ、と私は自分に言い聞かせた。

　やがて全員が揃い、教授の挨拶、乾杯の発声を経て、飲み会がスタートした。

　最初の一杯を飲み干した辺りで、西岡さんが「森丸くーん」と私に絡んできた。「今年こそは阪神が優勝するからね。見てなよ」

「毎年言ってますね、それ」

「今年から原《はら》監督でしょ？　勝てるわけないよ、あいつじゃ無理だ」

　西岡さんはさしたる根拠もなく、イメージだけで原辰徳《たつのり》氏をけなし始めた。阪神に関する自慢話ならともかく、無遠慮な批判をおとなしく聞く趣味は私にはない。私は反撃とばかりに、「そういえば、川藤さんはどうなったんですか」と切り込んだ。

「あ、えっと、それは……」

「え、川藤さん？」オムそばを掻き込んでいた阿久津が、鋭く反応した。「それ、例の合コンに来てた子だよね」

「そう。西岡さん、彼女のことが気になるんだって」

「へえ、それはそれは。で、うまくいってます？」

「……メールは続けてるよ、ずっと」と言って、西岡さんはうつむいた。「結構、込み入った話もしてるんだ。川藤さん、今、二人と付き合ってるんだって」

俗に言う二股というやつだ。同時に別々の相手と付き合うという状況がまったく想像できず、私は「すごいっすね」と、適当な相槌を打った。

「まあ、可愛いですもんね、川藤さん。本人が望めば、何股でも行けるでしょうね」阿久津は皿の隅の紅ショウガまで平らげて、ビールをぐいっと飲み干した。「でも、よかったじゃないですか」

「よかったって、何が！」

西岡さんがテーブルにジョッキをどん、と叩きつけた。

「だって、二股するってことは、二人のどっちにするか決められないってことですよね。だったら、三人目が入り込む隙もあるんじゃないですか」

ぽかんと口を開け、西岡さんは阿久津をまじまじと見た。

「なるほど、そういう考え方もあるか……」

「でも、いいんですか。いつかの飲み会で言ってた、西岡さんの理想の女子から掛け離れちゃってますけど」

そう指摘すると、西岡さんはふっ、と小馬鹿にするようにため息をこぼした。

「理想に合わないからって理由で嫌いになれたら、そんな楽なことはないよ。森丸くんには分からないと思うけどね」

「ずいぶん上から目線ですね」

「それだけの経験を積んだってことだよ。森丸くんは相変わらず、色気のない日々を送ってるんでしょ」

「そうですね、はい」と私は嘘をついた。本当は、「俺だって苦労しているんだよ！」と叫びたかったが、我慢した。面倒なことになるだけだ。

「そうでしょそうでしょ、そういう顔してるよ」

どういう顔だよ、と私は不愉快になった。江戸時代の罪人のように、額に「非モテ」とでも書いてあるというのか。

「えっと、阿久津くんは、彼女がいるんだよね、確か」

西岡さんは私のイラつきに気づかず話を続けていた。

「ええ、いますよ。少し変わってるんですけどね」

阿久津は運ばれてきた焼酎を受け取り、「彼女は医学部生なんですけど、診断の参考になるかもしれないって、なんか、舐《な》めるんですよ。俺の体を」と小声で打ち明けた。

それは性行為以外のなにものでもない、と私は指摘したが、阿久津は「違うんだよ、治療行為の練習だよ」と、目をこすりながら必死で否定した。

そんな風に男三人でぐだぐだと喋っていた時のことだった。突然、「やめなさい！」という助教授の声が響き渡った。

なんだ、とそちらに顔を向けると、羽生さんに両手でしがみついている木下の姿が目に飛び込んできた。

「ちょっと、木下くん……」

羽生さんは困惑顔で木下を押し返そうとしていた。彼女が困っている、と思うが早いか、私は立ち上がっていた。

「ああ、森くん、手伝ってくれるか」

助教授も困惑していた。頷き返し、二人がかりで木下を羽生さんから引きはがした。

木下は「あうう、温もりが欲しいんですぅ」と実に気持ち悪い譫言《たわごと》を呟いて、今度は私に抱き付こうとした。顔は完熟トマトのような色になっていて、息がひどくアルコール臭かった。

泥酔した木下を助教授に押し付け、私は羽生さんのそばに屈み込んだ。

「大丈夫？」

「あ、はい……」

羽生さんは笑おうとしていたが、顔が引きつってしまっていた。

「どうしてああなったの？」

「最初は全然、普通だったんですけど、急に……飲みすぎたんだと思います」

私たちは、同時に木下の方に目を向けた。彼は、助教授に抱き付いたまま眠ってしまっていた。

先に述べた、木下の「ある重大な欠点」とは、この酒癖の悪さであった。酔うと誰彼ともなく抱き付こうとする習性があることを、木下自身、この日初めて知ったそうだ。彼はほとんど酒を飲んだことがなく、助教授に勧められ、自分の限界を知らぬまま杯を空にし続けた結果、大人としてダメな領域に足を踏み入れたのであった。

この一件を教訓に、木下は摂取するアルコールの量に注意するようになった。しかし、根本的に悪癖が治るわけではなく、その後も時々彼は暴走した。

2

「もしもし、雪宮さん？　こんばんは」

「はーい。こんばんは」

「どうもどうも。今日はこっちはかなり暖かかったよ」

「えー、そうなんだ。福岡は天気が悪くて肌寒かった」

私と雪宮の会話は、いつもこんな感じで始まった。

私はその頃、定期的に電話で雪宮と喋っていた。電話をかけるのは水曜日と金曜日の夕方で、私は実験室を抜け出し、めったに人の来ない、屋外の非常階段に座って彼女と話をした。

会話の内容は特筆するほどのものではなかった。実験の調子、同じ研究室の人々のエピソード、休みの過ごし方……まあ、そんなところだろう。恋愛に関する話題が出なかったのは、我々がお互いに意識しすぎていたせいだと思う。

雪宮の声は、正直なところ、あまり綺麗ではなかった。こもっているというか発音が不明瞭というか、どこか自信なさげで、常に聞き取りにくかった。

しかし、それでも雪宮と喋ることは、私にとって楽しみなイベントだった。他愛のないやり取りを繰り返すだけでも、絆《きずな》が太くなっていくような感じがあり、電話を切る時にはいつでも一抹の寂しさがあった。


四月下旬のある日の夕方、私はいつものように雪宮に電話をすべく、実験室を抜け出して非常階段へと向かった。

非常口の重い扉を開けて外に出ると、三階と二階の踊り場に先客がいた。金田さんと真野さんだった。

「あ、森くん」

二人の声がぴたりと揃った。二人とも白衣姿で、缶ジュースを手にしていた。彼女たちの実験室は二階だ。ここでしばらく話し込んでいたらしかった。

「や、どうも。なんか久しぶりだね」

　これまでも農学部内ですれ違うことはあったが、彼女たちと立ち止まって話すことはほとんどなかった。たまには同級生と喋るのも悪くないと思い、私は携帯電話をポケットに仕舞った。

「こんなところで何してたの？」

「将来についての、漠然としたディスカッション……かな？」と金田さんが首をかしげた。「別に深刻な話じゃないけど」

「金田さんは博士課程に進むんだっけ？」

「ううん。就職だよ」

　金田さんは、横浜にある、大手食品メーカーの名前を挙げた。焼肉のたれで有名な会社だった。真野さんにも同じ質問を向けると、製薬企業の内定をいただいています、という返答だった。涌井さんと同じく、彼女も医薬品研究の道を選んだのだ。

「研究所は神戸にあるんです」

「そっか、兵庫出身だもんね。俺と似たような感じになるんだね」

「え、じゃあ、森くんも」

　そう、と頷き、卒業後は名古屋で働くことを私は説明した。同じ科学系企業に就職するが、勤務地はまさに三者三様であった。

「いいなあ、実家の近く。私も北海道で仕事を探せばよかった」金田さんが缶の口を見つめながら呟いた。「涌井さんに気を遣うんじゃなかった」

それを聞いて、真野さんが眉をひそめた。あれ、なんか空気が重いぞ、と思った瞬間、「別れちゃったんだ、涌井さんと」と金田さんが言い放った。

「そ、そうなんだ……」

突然の破局宣言に、どう慰めてよいものやらと私は大いに戸惑ったが、金田さんには涙も後悔の気配もなかった。彼女は踊り場の手すりに腕を載せ、「結構前から、ダメっぽい気はしてたんだよねー」とさばさばした口調で言った。

「……ちなみに、別れたのはいつ？」

「三月末。向こうが引っ越す直前だね。お互い話し合って、すっぱり終わらせたよ」

「そっか。……ずるずる長引かせるより、その方がよかったのかもね」

「そうだね。あ、そうだ。真野ちゃんは、相変わらず彼氏いないんだっけ」

シャンプー切れてたっけ、的な気安さで金田さんが尋ねた。真野さんは足元に目を落とし、両手で缶を握り込んで、「……いないです」と囁くように答えた。

「いい人がいたら紹介してもらいたかったんだけどなあ」

「ごめんなさい。私、男の人の知り合い、全然いなくて……」

「ああ、いいのいいの、別に嫌みを言ってるわけじゃないから。――森くん、どう？

誰かいない？」

「新人が一人入ったよ。酒癖は悪いけど、結構男前だと思うな」

「へえ、新人くんね。ありがと。チェックしてみるよ」

金田さんは私の肘に軽く触れ、とんとんとん、と跳ねるように階段を下りて行った。二階の非常口のドアがぎい、ばちん、と大きな音を立てた。

真野さんは手すりの向こうに目をやり、わずかな沈黙ののち、「すごいですよね」と独り言のように言った。

「すごいって、切り替えが？」

真野さんはちらりと私を見て、頷いてまた視線を逸らした。

「誰かと付き合うって、すごくエネルギーが必要なことだと思うんです」

「告白して、OKもらって、それで終わりじゃないもんね」

男女交際を航海に喩《たと》えるなら、告白は出港にすぎないのだろうな、としみじみ思った。どこかにある目的地を目指し、二人で大海原を旅していく。水平線に沈む夕日を見て感動することもあれば、星を眺めながら夢を語り合うこともあるだろう。嵐に巻き込まれることもあれば、船底に穴が開いて航行不能になることもあるだろう。たぶん、恋愛は楽しくも険しい旅路なのだ。

「でも、ちょっと思うんだ。恋愛経験を積むと、心の中に触媒ができていくんじゃないかって」

私がそう言うと、真野さんは首をかしげた。長い黒髪がさらりと揺れ、彼女の左耳が露わになった。

「触媒、ですか？」と、久川綾さん似の声で彼女が訊いた。

「うん。化学反応と一緒だよ。触媒があれば、高温や加圧条件が必要な反応でも、常温常圧で進む。恋愛も似たようなものじゃないかな。恋が始まるのに必要なエネルギーは変わらなくても、本人の心構えができてれば、意外とあっさりと壁を越えて行けるんじゃないかなって、そんな風に思うんだ。まあ、『慣れ』って言っちゃった方が分かりやすいかもしれないけど」

「……その触媒には、相乗効果がありますね、きっと」真野さんの視線は、農学部本館の隣に立つ、獣医学科の建物に向けられていた。「二人ともが触媒を持っていれば、より簡単に壁を乗り越えられるのではないでしょうか」

「確かにそうかもね」

私は大きく頷いてみせた。真野さんが私の比喩に乗っかってくれたことが嬉しかった。

「でも、逆の場合は大変ですね。どちらも触媒を持ってなかったら……」

「反応が始まるにはかなりのエネルギーが必要になる、か。……辛いね、それ。恋愛が得意な人はどんどん新しい恋を始められるのに、不慣れな人はいつまで経っても一人っきりってことでしょ」

「そう、ですね。……残酷ですね、恋愛って」

本当に、と私は万感の思いを込めて同意した。ヒトは、より良い遺伝子を持つ相手を探す手段として恋愛を採用した。しかし、現代においては、それはコミュニケーション能力の優劣に強く依存する、いびつな方法になってしまっている。恋愛ばかりを推し進めると、ヒトという種に繁栄をもたらしうる、学問や文化に特化した能力の持ち主が遺伝子を残せない可能性が出てきてしまう。

かつては見合いというシステムがあり、恋愛弱者を救済する一助となっていたが、今はそれも廃れてしまった。誰もが理想の恋愛に憧れ、心を通じ合わせられる相手を探さずにはいられなくなったからだ。恋愛至上主義はいずれヒトを滅ぼす危険性すらあると、私は思う。

だが、それでもヒトは恋を求め続けるだろう。

恋愛という果実はあまりに甘美で、蠱惑的《こわくてき》だ。それは、羽生さんに惹かれ、失恋を経験したからこそ分かる事実であった。

3

五月に入って、研究室の雰囲気が少し変わった。その一番の理由は、羽生さんの実験量が急増したことにあった。

彼女が修士課程で取り組むテーマは、成果を出せば高い評価が得られる分、難易度は高かった。羽生さんは困難な課題を与えられたことを意気に感じ、朝は七時台、夜は終電ギリギリまで実験室で手を動かしていた。彼女は明らかに、研究室の誰よりも忙しくなった。

羽生さんの努力に応えるように、指導教員である助教授も燃えた。実験内容や結果について頻繁に羽生さんと議論を交わし、時には厳しく叱責しながら、二人三脚で困難な課題に挑もうとしていた。

羽生さんは研究者として飛躍するための準備期間に入っていた。そのため、私と羽生さんが雑談する時間はあっという間に削られていき、アニメやマンガの話はもちろん、タカナシの話を聞く機会すらも消えていった。

一方、私は助教授の代役として、木下の教育係を受け持つことになった。最初に抱いた印象の通り、彼は非常に真面目で、そして優秀だった。四年生としては充分すぎるほど化学の知識を有していたので、ただ実験技術だけを教えればよかった。

五月上旬のある日の午後、私が木下にＴＬＣの呈色剤《ていしょくざい》の使い方を説明していると、「精が出るね、二人とも」と西岡さんが近づいてきた。

「あ、どうも、お疲れさまです！」

木下は上官に呼び止められた新兵のように、ぴしっと気をつけの姿勢を取った。

「木下っちは、どこのチームのファンなのかな」

「ファンと申しますと……」

「野球だよ、や・き・う」と言って、西岡さんはスイングの真似をした。

「申し訳ありません。私は野球はほとんど見ません」

木下は不必要なほど恐縮しながら答えた。

「えー、なんだよー、つまんないなあ」と、西岡さんが唇を尖らせた。「じゃ、休みの日は何をしてるわけ」

「そうですね、本を読んだり、映画を観たり……あと、コンサートに行くこともあります。はい」

おや、ひょっとしたらこいつもオタクなのではないか。アニメの話ができるかもと期待しつつ、「へえ、コンサート。誰のファンなの？」と私は尋ねた。

「ファンと言いますか……その、いわゆるポップミュージックではなく、クラシックなんですが」

「クラシック！」西岡さんが大げさに仰《の》け反《ぞ》った。「そりゃまたずいぶん高尚な趣味ですなあ！」

「い、いえ、そういうわけではなくてですね。自分は子供の頃にピアノを習っておりまして、その影響で、今でも多少そちら方面に興味があるだけでして……別に私自身が高尚な人間であるわけではありません」

「別に言い訳しなくてもいいじゃない。立派な趣味だと思うよ」と私は言った。「ちなみに、一番好きな曲は何？」

「そうですね。一つに決めるのは難しいですが、最近はホルストの組曲『惑星』をよく聞いております」

私も西岡さんもその曲を知らなかったため、「あ、そうなんだ」という気のないリアクションしか取れなかった。

余談だが、後年、平原綾香《ひらはらあやか》という女性歌手が歌った「Jupiter」は、木下が好んだ「惑星」の一曲である「木星」を原曲としたものであった。私は今でも、「Jupiter」を耳にするたび、どうしても木下のことを思い出してしまう。

「まあ、いいよ。巨人ファンじゃなかったら」

西岡さんはぷらぷらと手を振って離れていこうとしたが、途中で足を止め、「ああ、忘れてた忘れてた」と慌てて戻ってきた。

「今度さ、合コンやるんだけど、よかったら君たちも来ない？」

「え、合コンですか。……いいんですか？　川藤さんの方は」と私は指摘した。

「それはそれ、これはこれだよ。諦めるつもりはさらさらないけど、出会いは多い方がいいじゃない。目には目を、二股には二股を、だよ」

その格言はいかがなものかと思ったし、そもそも西岡さんは誰とも付き合っていないのだが、「そういうものですか」と私は流した。

「で、どう、森丸くん」

「僕はやめておきます」

私は遠慮した。雪宮のことが気になったからだ。傷つけるようなことをしたくないというより、合コンに行ったことを知った彼女が激高するのを、私は恐れていた。

「あっそう。木下っちは？」

「……大変申し訳ないのですが、私もできれば辞退したいと思っております、はい」

「なんだよ二人とも！　つまんないな！　そんなんじゃ恋愛の技術は向上しないよ。もっと努力しなきゃ！」

私と木下を交互に指差しながら熱弁を振るい、西岡さんは足音を響かせて去っていった。

「技術ねえ……」私はため息をついた。「努力はしてるつもりなんだけどなぁ」

「あの、森さん。ちょっと内密のお話がございまして」

木下が手招きをして、こそこそと実験室を出ていった。訝しがりつつ彼のあとを追って、私は男子トイレに入った。いつでも妙に塩素臭いトイレに、人の気配はなかった。

木下は洗面台の前に立ち、鏡の中の自分を見つめていた。

「何、話って」

「森さんは、金田さんの同級生ですよね」

「ああ、うん。そうだけど」

「実はですね、その、金田さんから食事に誘われていまして……」

「あら、そうなんだ。いいじゃない、行けば」

「じ、自信がないんです。私は今まで、女性と二人きりで会ったことがなくて」

おやおや、と私は思った。真面目一辺倒の彼は、異性に対しても奥手であるようだ。

「ただの食事ではなく、お酒を飲むようなことを言っていましたし、歓迎会の時のように暴走をしたら、金田さんに大変なことをしでかしてしまうかもしれず、どう返事をしていいものか決めかねているんです」

「断るって選択肢は？」

「そんな、女性からのお誘いを拒否するなんて、相手に失礼じゃないですか」

チェリーボーイのくせに、彼はまるでプレイボーイのようなことを言った。

「じゃあ、行くしかないでしょ。金田さんは包容力がある方だと思うから、多少の失敗は受け入れてくれるよ、たぶん」

私は、金田さんが聞いたら「私の何を知ってるのよ」と言いそうなアドバイスを送った。

すると木下は、「実は、森さんに折り入ってお願いがあるのですが」と縋《すが》るような視線を向けてきた。「金田さんとの食事に同席していただけませんか」

「いや、さすがにそれは……向こうが嫌がるんじゃない？」

「私の方から金田さんに頼みますので。どうか、どうかお願いします」

うーむ、と唸って私は腕を組んだ。木下が本気で言っているのが分かるだけに、非常に断りにくかった。

「分かった。じゃあ、金田さんがOKしたらね」

木下は「ありがとうございます！」と深々と頭を下げた。「親切な先輩を持って、私は非常に幸せ者です！」

「いや、そんなに大げさにしなくていいから。じゃ、実験室に戻ろうか」

私は彼を促してトイレを出た。

正直なところ、金田さんは断るだろうと思っていた。だから、彼女が「いいよ」と返事をしたことに、私は驚いた。

とんとん拍子に話がまとまり、その週の土曜日に飲み会が開かれることになった。

　午後六時半。集合場所である農学部本館の玄関ロビーに向かうと、ソファーで携帯電話をいじっている金田さんの姿があった。金田さんは、膝上二十センチくらいの、かなり短いスカートを穿いていた。心持ち、化粧も濃いようだった。

「あ、森くん。今日はよろしくね。木下くんは？」

「トイレに行ってるよ。急にお腹が痛くなったってさ。緊張のせいかもね」

「ふうん、そんなに身構えることないのに。念のために、連絡先交換しとこうか。はぐれることはないと思うけど」

　金田さんに促され、電話番号とメールアドレスを伝え合った。いい機会だったので、

「あのさ、どうして俺が付き添うことにＯＫを出したの？」と、疑問に思っていたことを訊いた。

　金田さんはスカートの裾を気にしながら、「木下くんがリラックスできる状況を作るのが大事だからね」と答えた。

「じゃあ、今日はあくまで親睦を深めるだけってことか。金田さんは恋愛巧者だし、告白まで持っていくのかと思ってた」

「別にプランなんてないよ。成り行きに任せるだけ。私は木下くんのこと、いいなって思ってるけど、向こうはどうか分からないからね。気が合えばそりゃ、今夜で一気に進展するかもしれないよ」

男子にアプローチするのに適した格好をしているものの、金田さんはあくまで自然体であった。その姿は、防火服に身を包み、これから火災現場に向かう消防士のように見えた。

「木下くんって、酒癖が悪いってホント？」

「うん。限界を超えると、途端に甘えん坊になるんだ。誰彼ともなく抱き付く感じ」

「……ふうん、利用できるかな、それ」

「利用……？」

その言葉の真意を尋ねる前に、どたどたと慌てた様子で木下が階段を駆け下りてきた。

「す、すみません、遅れてしまいまして」

金田さんはすっと立ち上がり、「うん、じゃあ、行こうか」と木下の横に付いた。

二人が自動ドアをくぐるのを待ち、私も外に出た。

昼前から降り始めた雨は、夜を迎えて小降りになっていた。我々はめいめいに傘を差し、農学部の正門からキャンパスの外に出た。

本郷通りに沿って本郷三丁目駅方面へと向かう間、私は後ろから二人の様子を窺っていた。金田さんが話し掛け、木下がそれに答える。雨音と行き交う車の音で会話はうまく聞き取れなかったが、順調に会話を重ねているようだった。

十分ほど歩き、我々はとあるビルの地下にあった〈花柳《はなやぎ》〉という店に入った。金田さんが選び、予約した店だった。和風イタリアンを売りにした、若干高めの価格設定の居酒屋であった。

我々は店の隅のソファーシートに案内された。L字型に置かれたソファーの一辺に金田さんと木下が、斜向かいに私が座った。もうその時点で、金田さんと木下の距離はかなり近く、ちょっとした拍子に肘がぶつかってしまいそうなほどだった。

生ビールで乾杯し、私にとってはいささか居心地の悪い飲み会が始まった。食事はコースだったので、来るものを順に食べるだけでよく、我々は会話に神経を集中させることができた。というか、そうなるように、金田さんがセッティングしたのだ。

もちろん、私が会話の中心になっては意味がない。私は簡単な相槌を打つに留め、特等席で舞台を見ている観客の気分で二人の会話を見守った。

出身地や趣味、家族構成など、基礎情報の交換が済んだところで、「赤ワイン、頼むね」と金田さんが店員を呼んだ。「木下くん、ワイン好き？」

「いえ、一度も飲んだことがありません」

語尾に sir と付いていてもおかしくないような、硬い口調で木下が答えた。

「じゃあ、試してみるといいよ。おいしいから」

ボトルが運ばれてくると、金田さんは赤ワインをグラスになみなみと注ぎ、「はい、どうぞ」と木下に手渡した。

「は、ありがたくいただきます」

木下は恐縮しながらワインを五ミリリットルほど飲み、「うえっ」と口をすぼめた。予想以上の渋さに驚いたのだろう。私もワインは苦手だ。

「どう、おいしい？」

金田さんが木下の背中を撫でた。「は、はい、実に美味であります」などと言って、木下はまたワインを口に運んだ。すでに顔が赤かったが、酔っていたわけではあるまい。

「ワインっていいよね。すごく好きなの、私。木下くんはどう？」

「あ、ええ、はい、好きになれそうです」

見えない糸に操られるかのように、木下は注がれたワインを飲み干した。金田さんはすかさず、わんこそばの要領で追加のワインをグラスに注ぎ、「ねえ、ちょっと訊いてもいいかな」と彼に顔を近づけた。

「ひゃ、ひゃい」

「木下くんは、今は誰とも付き合ってないの？」

おお、と私は心の中で感嘆した。さすがは金田さん。重い質問をこうもさらりと口にするとは。それは、「私はあなたに興味があるのよ」とアピールするためになされた問い掛けだった。金田さんは木下に彼女がいないことを知っているのだ。

「はあ、そういう相手はいませんです」

「そうなんだ……」

金田さんは二秒ほどしっかりタメを作って、「……よかった」と囁くように言った。その短い言葉には、私のところにまで届くほどの色気が込められていた。

「あ、あの、ちょっとお手洗いに！」

唐突に立ち上がり、木下はブリキのロボットのようなぎこちない足取りでトイレに向かった。

その背中を見送って、「ふふ、可愛い」と金田さんが微笑んだ。

「金田さん、やばいよ、あんなに飲ませたら」

「そうでもしないと、心の殻を剝がせないでしょ」と言って、金田さんは湯葉と水菜のパスタをすすった。

「それはそうかもしれないけどさ……」

「でも、こうして話してみて分かったよ。彼、真面目そうだけど、中身は結構エロいこと考えてるね。私の胸を覗き込もうとしてたし、脚もじろじろ見てたよ。普段、自分を抑えてるからこそ、酔った時に本性が出ちゃうんだろうね」

金田さんはそう言って、ブラウスの襟に触れた。上から二番目のボタンまで開けてあるのは、木下の視線を誘導するためか。

「これなら、もう大丈夫かな。森くん、悪いんだけど先に帰ってくれない？」

「え、でも……」

「ごめんね、食事の途中で。もちろん、お金はいらないから」


彼女の口調の端々には、有無を言わせぬという決意がみなぎっていた。「分かったよ」と私は席を立った。木下が帰ってくる前に消えた方がいい。

「ありがと。気になるだろうし、あとで結果を伝えるね」

ばいばい、と手を振る彼女の仕草は可愛かったが、その目は真剣そのものであった。


翌朝、自宅で目を覚ましてみると、金田さんからメールが届いていた。

〈木下くんと付き合うことになりましたPS・彼のアレは大きかったです〉

午前六時に送信されたメールにはそう書いてあった。木下はどうやら、私より一足早く大人になったようだった。

狙った獲物は必ず仕留める。金田さんはまさに恋愛ハンターであった。

すごいな、と呟き、私は携帯電話を枕元に転がした。

4

羽生さんの研究は、ますます好調であった。その年の五月に論文報告された新しい反応を使うことで、彼女が合成標的としている物質を作れる可能性が出てきたのだ。

反応条件の検討に忙しく、羽生さんは昼食も夕食もコンビニの弁当で済ませるようになっていた。くたびれた白衣に身を包み、試験管に試薬を量る彼女の横顔には、何かにのめり込んだ人間特有の、ぎらぎらした熱意が見て取れた。

四月の初め頃は、羽生さんを含め、何人かで〈こころ〉に食事に行っていたが、六月も終わりに近づく頃には、私と阿久津、そして西岡さんの三人で夕食を摂ることが多くなった。言わずと知れた、地獄のような例の合コンのメンバーである。

午後六時半。〈こころ〉は人気店なので、早めに行かないと店の外で待つ羽目になる。

「そろそろ出ようか」いつものように阿久津に声を掛け、そこで西岡さんの姿が見当らないことに気づいた。「あれ、西岡さんは?」

「外出中。本人曰く、『野暮用』だってさ」手を泡だらけにしながら阿久津が言った。彼はいつも、一分以上掛けて念入りに手を洗っていた。「たぶん、あれだな」

「あれってなにさ」

「ちょっと待って、もう終わるから」阿久津はぴっぴっと手を振って水滴を飛ばし、あろうことか白衣の裾で手を拭いた。「よし、じゃあ行こうか」

「前から思ってたけど、それ、手を洗った意味ないんじゃない?」

「大丈夫、白衣には雑菌はいないから」

「なんで」

「実験室に漂う化学物質で死んじゃうからね」

「何だよ、その理論は」苦笑し、「ていうかいるよ、菌は。生きてるよ」と私は反論した。自分が、菌がころりと死ぬような環境で一日の大半を過ごしているとは思いたくなかった。

「いずれにしても、オレは健康だから」

廊下を歩きながら、阿久津が得意げに言った。

「ハンカチくらいは持ってきなよ。……で、西岡さんのことだけど。『あれ』って何？」

「うん。最近、家庭教師のバイトをやってるらしいよ」

「はあ、バイト？」ついつい大声が出てしまった。学部四年生ならいざ知らず、博士課程の学生にそんな余裕はないはずだ。「それ、ホントに？」

「オレの彼女からの情報だから確かだぜ」

「なんで阿久津くんの彼女さんがそんなこと知ってるのさ」

「情報源は川藤さんみたいだな。あの子、オレの彼女にニッシーの話をしてるらしい」

「ニッシーって、西岡さんのこと？」

「そう。川藤さんはそう呼んでる」

「うまくいってるのかな、ひょっとして」

「別に付き合ってはないみたいだけど、時々デートしてるらしいよ。フレンチとか、中華とか、ステーキハウスとか、高いところにばっかり行ってるんだって。もちろんニッシーのおごりで。バッグやアクセサリなんかをプレゼントしてるみたいだし、とにかく金がないんじゃないかな。だから、家庭教師のバイトを始めたってわけ」

「……それ、危ないんじゃない？　止めた方が……」

デートというより、一方的にたかられているようなものだ。私の脳裏には、破滅の二文字がちらつき始めていた。

「無理無理」阿久津は笑って手を振った。「本人は今、ものすごく幸せな気分でいると思うよ。ドーパミンが出まくりだよ。言ったって聞くもんか」

「そういうもんかな」

首をひねってみせたものの、阿久津の言うことも理解できる気がした。もし羽生さんが複数人と交際していて、本命がはっきりしない状況なら、私だって多少無理をしてでも彼女の気を惹こうとしただろう。

「ま、妙な手出しは無用だよ、森くん。どんな結末が待っていたとしても、それは西岡さんの選んだ道だ」

「ドライな考え方だね」

「研究者っていうのはそういうものさ。なんてね」

そんな話をしながら、我々は初夏の夕暮れの農学部キャンパスを歩いていった。

幸い、〈こころ〉は満席ではなかった。座敷はいっぱいだったので、我々はカウンターに並んで座った。二人揃って麻婆茄子《マーボーなす》定食を頼み、熱いおしぼりで手を拭いた。

「あ、そうだ。また合コンの話があるんだけど」

手を拭いた勢いで顔を拭いてから、阿久津が言った。

「また？　今度も彼女さんの知り合い繫がり？」

「そう。オレの彼女は周りから頼られる人だから。次は、前みたいなことにはならないように、細心の注意を払うからさ」

「……うーん、いや、やめておくよ」私はよく冷えた水を飲み、首を振った。「今はそういう気分じゃないんだ」

「あれ、ひょっとして……彼女ができたの？」

YESともNOとも言えない質問をぶつけられ、私は少しコップの水をこぼしてしまった。それを見て、「やっぱりそうなんだ」と阿久津が得心したように言った。「真野情報は正しかったわけだ」

「真野情報？　なんじゃそりゃ」

「森くんの同級生だよ。髪が長くて、背の高い、おとなしそうな子。知ってるよね？」

「ああ、もちろん」

　セーラーマーキュリー似の声の持ち主ね、と私は心の声で付け加えた。

「農学部図書館に行った時に、その子と金田さんが一緒にいたから、ちょっと話をしてね。その中で、森くんの話題が出たんだ。真野さん、森くんが非常階段で誰かと話してるのを聞いたんだって。あ、って言っても、盗み聞きじゃないよ。彼女が屋上にいた時に、たまたま聞こえてきたんだって」

「屋上で何をしてたんだろ」

「知らないけど、一人になりたい時もあるでしょうよ。実験がうまくいかなくて苦しんでる時とか、恋愛問題で悩んでる時とか」

「たぶん前者だね。真野さんの研究室は学生へのプレッシャーがすごいらしいからさ。確かに、屋上は心を落ち着けるのにうってつけの場所かもね。ひと気がないし」

「おいおい、話を逸らすのはよくないなあ。ホントのところはどうなのよ。彼女、できたのかい」

　私は「微妙」と答えた。嘘やごまかしのない、正確な評価だった。

「それじゃあ、何も答えてないのとほとんど変わらないよ。詳細にお願いしますよ、詳細に」

「詳細っていうほど、いろんなことがあったわけじゃないけどさ……」

変にごまかして曲解されるのも嫌だったので、雪宮と同窓会で再会してからの流れを私は説明した。

「ほー、それで今に至ると。うむうむ、なかなかピュアなお付き合いですな」

「お付き合いっていうのは正確じゃないと思うな」

と私が訂正を求めたところで、注文した料理が運ばれてきた。私は、さっそく麻婆茄子をぱくりとやった。茄子のとろけるような食感と、口全体に広がる旨味と辛味。ご飯を口に運ばずにはいれらなくなる味だった。

「いっそのことさ、付き合っちゃえばいいのに」

なぜかメインの麻婆茄子ではなく、白菜の浅漬けをかじりながら、阿久津がそんなことを言った。私は口の中のものを水で流し込んで、「まだ早いよ」と首を振った。

「早いって、どういう意味だい」

「俺はまだ、彼女のことが好きかどうか自信がない。こんな中途半端な気持ちで付き合っても、うまくいかないだろうし、第一相手に失礼でしょ」

「真面目だねー。深刻に捉えすぎてるんじゃない。もっと気軽にお付き合いすればいいんだよ。オレなら確実にそうするね。だって、付き合うことで見えてくることって、めちゃくちゃいっぱいあるからね。百回の電話より、一回のデートの方が大事。百電は一デーに如《し》かず、だね」

「ゴロが悪いなあ」

「そもそもさ、森くんは相手にも同じだけの覚悟を期待してるわけ？　自分と付き合うかどうかを真剣に吟味して、それで○×《マルバツ》の判断をしてもらいたいの？」

「いや、そういうわけじゃないけど」

「そのやり方じゃなかなか恋には発展しないよ。結婚を前提としたお見合いをやってるんじゃないんだからさ。とりあえず付き合う。それで、どうも合わないと思ったら、『ごめんなさい、なかったことにしよう』でいいんだよ」

「阿久津くんは経験豊富だから、そうやって割り切れるんだよ。俺は初心者なんだよ。そんなにスマートにこなせないって」

「誰にでも初心者時代はあるんだよ。まずはやってみることが肝心なの。千人斬りの道も一人から、だ」

「だからなんなの、そのオリジナル格言シリーズ」と私は阿久津の肩を押した。「アドバイスはもういいから、今はとにかく、目の前の麻婆茄子定食に集中しようよ」

私はそう言って、ご飯の上に麻婆茄子を載せ、まとめてがばっと頬張った。

「分かった、じゃあこうしよう」阿久津はまだ私の方を向いていた。「雪宮さんに会って、それで自分の気持ちを確かめる」

今度はじっくり咀嚼《そしゃく》してから、私は「向こうは福岡にいるんだけど」と言った。

「大した距離じゃないでしょ。人生の大事なターニングポイントかもしれないんだから、交通費程度の出資は当然だと考えなきゃ」

「でもなあ……」

煮え切らない私の返事を無視し、「あとは見た目だな」と言って、阿久津は私の服装をじっくり観察しだした。

「麻婆茄子が冷め始めたよ」

「森くんってさ、勝負服的なものは持ってるの?」

「……『白衣が俺の勝負服だ!』っていうのはダメかな」

「持ってない、と」

「まあ、自信を持ってコレと言える服はないね」と私は鼻の頭を掻いた。学部時代は、季節の変わり目にユニクロ的な店……というかユニクロで必要最小限の衣服を購入し、それをローテーションで着続けるというスタイルで生きていた。大学院になってからは、忙しくてそのスタイルすら崩れてしまった。昔買った服でなんとか日々しのいでいるような状態であった。

「持ってないなら、まずはそれを買いに行くところから始めようか。いつでも言ってよ。喜んで付き合うからさ。ニーズに応じた店を紹介してみせようじゃないか」

「……分かった、じゃあ、そのうちにね」

私はそう約束したが、正直まったく乗り気ではなかった。うやむやのうちに終わらせよう、とまで考えていた。阿久津の言い分に反発を覚えたわけではない。たぶん、本格的なおしゃれに対する恥ずかしさと、いくつかのもやもやした想いが、私を優柔不断にさせていたのではないだろうか。

自分は雪宮を本当に好きなのか。羽生さんを諦められるのか。諦めることで後悔しないのか。ひょっとしたら、自分にはまだチャンスがあるのではないか。

そのもやもやを端的にまとめるなら、「未練」という言葉に凝縮できる。私は結局のところ、フラれてから一年が経とうとしているにもかかわらず、依然として羽生さんへの想いを捨てきれずにいたのだと思う。

5

七月になった。そう、研究室旅行の季節である。二〇〇二年も前年に引き続き、助手のおばさんの別荘がある館山に向かうことになった。

出発当日。レンタルした二台のワゴンに分乗するのも同じだが、一年前とは顔ぶれが違った。阿久津と金田さんが同行することになったのだ。二日に一度実験に来ている阿久津はともかくなぜ金田さんが、という疑問を抱いたメンバーもいたが、出発前に木下と付き合っていることが明かされ、一応は納得したらしかった。なお、彼女が涌井さんと別れたことに触れる者は一人もいなかった。

教授は自他ともに認める晴れ男であった。その日も、呆れるほどに空は晴れ、アスファルトどころかガードレールさえ溶けそうなほど、朝から暑かった。大学に集合し、車に乗って、さあ出発と相成った。私は抜け目なく――ほとんど本能的に――羽生さんと共に、助教授のワゴンに乗り込んだ。

思えば、この時点から私は違和感を覚えていた。羽生さんの表情がなんとなく冴えなかった。はしゃいでいないのはおかしいとまでは言わないが、それにしても元気が足りないのではないかと思ったのだ。

どうしても気になり、途中、休憩のためにサービスエリアに立ち寄った際に、私は羽生さんを呼び止めた。

「あのさ、もしかして体調悪いの？」

「……いえ、大丈夫ですよ」と羽生さんは笑ったが、その笑顔からは、あの、写真を撮って額縁に飾りたくなるような輝きは失われていた。

私はそこで、彼女の三重のまぶたが三重半くらいになっていることに気づいた。

「寝不足なんじゃない？」

「ああ、それは多少はあるかもしれないです」

羽生さんはそう言うと、自販機で買ったスポーツドリンクを手に車に戻っていった。

どことなくぎこちない彼女の様子が、私にある仮説を閃《ひらめ》かせた。

去年の研究室旅行。夜、別荘のリビングで、私は酔って寝込んでしまった羽生さんの胸を——正確にはブラジャーを触り、そして合計二回、キスをした。触感、体温、息遣い、呼吸、鼓動の高鳴り。あの時に体験したことは、レリーフのように私の心に刻み込まれていた。それは、一生忘れ得ぬ、幸せの絶頂の記憶であった。

きっと、羽生さんも同じなのだ。旅行に出発する日が近づき、自然と一年前のことを思い出したに違いない。緊張し、睡眠不足で今日を迎えたのだ——と私は推測した。

ひょっとすると、またチャンスがあるのではないか。羽生さんと触れ合い、あわよくば、去年以上のオ・ト・ナな領域に飛び込む展開もあり得るのではないか。そんなご都合主義的な期待がむくむくと湧き上がってくるのを、私は抑えることができなかった。

ひさかたぶりの高揚は、非常に心地の良いものだった。再びワゴンに乗り込んだ時、雪宮に対する諸々の感情はすっかり脳から追い出され、私の頭の中は羽生さんのことでいっぱいになっていた。

我々を乗せた車は順調に房総半島を南下し、予定よりも早く目的地に到着した。

強い潮の匂いを嗅ぐと、戻って来たんだな、という気分になった。大して娯楽がないのも相変わらずだった。昨年に続き、我々は海岸に繰り出すことになった。

結論を先に述べると、この年も、羽生さんは水着を着なかった。それどころか、外に出ず、涼しいリビングでのんびり過ごすことを選択した。

ただ、予想はしていたので、落胆はなかった。なるべく私を刺激しないように、と警戒しているに違いない。ちょっとした拍子に道を踏み外しかねないことを、羽生さんも自覚しているのだ、と私は考えた。

あまり近くにいすぎても、彼女を警戒させてしまうだけだ。そう判断し、他のメンバーと共に海岸に向かうことにした。水着は持参していたが、着替えるつもりはなかった。夜に向けて体力を温存するためだった。

緩い坂道を下り、竹藪の中を通る薄暗い道に差し掛かった。海風に揺られた枝葉がすれ合う音を聞き、前年、ここで羽生さんとアダルトビデオの話をしたことを私は思い出した。

あのビデオ、羽生さんは彼氏と観たんだっけ……。

切ない記憶に心を揺さぶられた時、「あれ、森くん、水着は」と声を掛けられた。振り返る前に、追い付いてきた金田さんが私の隣に並んだ。

彼女の姿に、私はぎょっとなった。金田さんはセパレートタイプの、レモン色の水着を着ていた。へそを含む腹部、そして太ももが大胆に露出したその格好は、どこからどう見ても下着姿と変わらないものであった。

　とても凝視していられず、「いや、泳ぎは苦手でね。去年も海には入らなかったんだ」と早口で答えて、私はすぐに顔を前方に戻した。遥か遠くに、空と海の青を隔てる水平線が見えていた。

「そっか。じゃあ仕方ないね」

「万が一溺れたりしたら、あちこちに迷惑が掛かるからね」

　そういえば木下はどうしたのだろう。振り返るが、彼の姿は見当たらなかった。

　すると、私の心を読んだように、「木下くんなら、コンビニに行ってるよ。ここから歩いて十五分くらいのところにあるみたい。替えの下着を忘れたんだってさ」と金田さんが教えてくれた。

「ああ、そうなんだ。それは大変だね。暑いのに」

　竹藪が終わり、日差しの中に出た。相変わらず海藻やら発泡スチロールの破片やらが打ち上げられている砂浜には、年老いた男性と、孫と思《おぼ》しき三、四歳くらいの少女がいた。波打ち際で遊ぶ少女のはじけるような笑い声と、遮るもののない光の強さに、私は微かな眩暈《めまい》を覚えた。

「……木下くんと付き合い始めて、どれくらいになるんだっけ」

「五月からだから、ひと月半とちょっと、ってところかな」

「うまくやってる？」

「まずまずかな」金田さんは額のところに手をかざし、目を細めた。「向こうは何もかも初めてだから、ぎこちないところはあるけど、筋は悪くないと思う。基本的に紳士だからね、木下くんは」

「酔わなければ、ね」

「そうだね。酔うと、狼《おおかみ》になるから」金田さんがにやりとした。「女体を貪るって表現がしっくりくるくらい」

「……今はいいけど、将来が怖いな。大学の教授になったりしたら、酔っぱらった勢いで学生に手を出しちゃうんじゃない？」

「大丈夫だと思うよ。森くんも知ってると思うけど、彼、酔うと甘えん坊になるでしょ。でもね、その段階で相手が『嫌だ』ってはっきり言えば、すぐにおとなしくなるの。抱き付かれた方が応じなければ、問題は起こらないよ、たぶん」

「応じたらどうなるかな」

「途端にスイッチが入っちゃうね」と金田さんはどこか嬉しそうに言った。「なにせ、狼だから」

「おーい」岩場の方で阿久津が手を振っていた。「変な生き物がいるぞーっ」

「なにそれ、小学生みたい」と呟いて、金田さんは小走りにそちらに向かった。

私は、彼女が砂に付けた足跡をたどりながら、まったく別のことを考えていた。

三十分ほどして、海岸に木下が現れた。私は砂の城を作る手を止め、彼に駆け寄った。木下はビーチパラソルを抱えていて、汗だくだった。

「お疲れ。コンビニに行ってたんだって？」

「そうなんですよ。着替えを持ってくるのを忘れてしまって」

「ふーん。店はどの辺にあるの？」

私は何気ない振りをして尋ねた。別荘から海とは逆方向にしばらく行くと県道に突き当たるので、道沿いに南下すればやがてたどり着くとのことだった。

「そっか。大変だったね。あ、それ手伝おうか」

「いえいえ、そんな、森さんの手を煩わせるようなことは」と木下は恐縮した。私は「いいから」と言ってビーチパラソルを受け取り、彼と二人でそれを砂浜に立てた。

「どうも、ありがとうございました」

「どういたしまして。金田さんならあそこだよ」

彼女は浮き輪を付け、足が付くか付かないかくらいのところを泳いでいた。どうも、と言って木下が海へと走っていくのを見届け、私はそっとその場を離れた。

私は人目を気にしながら別荘の自室に戻り、自分のリュックサックから財布を取って、すぐにまた外に出た。

時刻は午後三時。よし、と気合を入れて、コンビニを目指して歩き始めた。

畑と農具小屋と空き地しか見当たらない細い道を進んでいくと、すぐに県道に出た。木下に言われた通り、向かって右側、南に進路を取った。

片側一車線の県道沿いの歩道を、私は一人歩いていった。多少日は傾いたものの、暑さはまだいささかも軽減されていなかった。途中にあった自販機でコーラを買い、一気に飲み干して喉を潤した。

しかし、歩けど歩けど、なかなか店らしきものは見えてこなかった。多少の民家があるばかりで、あとは畑と田んぼだらけだった。

ひょっとして、方向を間違えているのではないか——ようやくコンビニが見えてきたのは、引き返そうかどうか迷い始めて五分ほどが経った時だった。

やった、たどり着いた。私は込み上げてくる達成感を押し返し、県道を渡って、コンビニに入った。到着はゴールではなく、スタートだ。大切なミッションを果たすために、私はこんなところまでやってきたのだ。

私はまず、店内をぐるりと一周した。そして、目的物の位置を確認した。銀色の箱は、歯磨き粉のチューブや髭剃り、石鹸《せっけん》などが並ぶ棚の隅に、まるで人目を避けるように置かれていた。

いや、ここまで書いたのだから、ぼかすのはやめよう。私が手に入れたかったのは、コンドームだった。無論、夜に「何か」が起きた時のためだ。

私はいったん棚の前を離れ、雑誌売り場に移動した。買うべきものは見つかったが、それを手に取るどころか、じっと見ることすら憚られた。買うのが恥ずかしくて仕方なかった。アレは、非常に生々しい用途にしか使いようがなく、私とは何の縁もなかった代物だ。「性行為をやるんです、僕は」とアピールするようなものだ。そうそう簡単に踏ん切りがつくはずもなかった。

しかも、だ。

私は『週刊少年ジャンプ』を読むふりをしつつ、レジにいる店員の様子を窺った。そこにいたのは、自分と同年代の女性で、あろうことか眼鏡を掛けていた。彼女にあの銀色の箱を差し出すことを考えただけで、覿面《てきめん》に鼓動が早くなった。

彼女はバーコードを読むために、私がカウンターに置いた品物を手に取る。その正体に気づき、「えっ」というように視線を上げる。そこにいるのは、汗だくで顔を赤くしている、いかにもモテなそうな、ダサい服装の理系男子である。彼女が「うわぁコイツ、使い道もないくせに無駄な買い物を……」という表情を浮かべるのは、火を見るよりも明らかであった。

無理だ、と私は思った。しかし、アレを入手しなければ、私は決して大人になることができない。それはまさに、試練と呼ぶべき買い物であった。

その時、土木作業員と思しき集団が店に入ってきた。彼らはやけに大きな声でパチンコや競馬の話をしながら、私の方にやってきた。

私は得体の知れないプレッシャーを感じていた。誰かが今にも、「お、こいつ一丁前にゴム買いに来てるぜ」と言いだしそうな気がして、私はいたたまれなくなり、気づいた時には店を飛び出していた。

私は駐車場の真ん中で立ち止まり、深いため息をついた。完全にやってしまった。もし彼らが去ったとしても、また入店すれば店員に不審な目で見られること必定である。ミッション達成ならず、であった。私は肩を落としてコンビニをあとにした。

私は自分の意気地なさに辟易《へきえき》しながら、とぼとぼと来た道を戻った。希望に満ちた行きでさえ長く感じた道のりである。帰りはほとんど、『ドラゴンボール』の蛇の道のごとき、延々と続く一本道をゆくような心境であった。

だが、神――おそらくは性を司る神――は、まだ私を見捨ててはいなかった。

どのくらい歩いただろうか。私はふと、歩道の脇に見慣れぬ「箱」が設置してあることに気づいた。往路では反対側を歩いていたので見落としていたものだ。

高さは大人の胸くらいで、黒い支柱の上に白い直方体が載っていた。塗装がところどころで剝げ、錆《さ》びた鉄が見えてしまっているその箱の上部に描かれた、〈明るい家族計画〉の文字。そして、箱に嵌《は》め込まれたガラスの向こうに鎮座する、色褪《いろあ》せた小さな紙箱たち。それは紛れもなく、コンドームの自販機であった。個人的な感覚では、二〇一〇年代くらいにはほとんど見かけなくなったその手の自販機は、まだこの頃は街のあちこちに存在していた。

販売価格は五百円で、使えるのは硬貨のみだった。私は自販機の前を行き過ぎ、財布を取り出して小銭入れを確認した。幸いなことに、五百円玉は入っていた。

唾を飲み込み、私は辺りを見回した。時折、猛スピードでトラックが通り過ぎていくだけで、通行人の姿は皆無であった。

今しかない。

私は五百円玉を握り締め、意を決して自販機のところに戻った。さあ、硬貨を投入だ、と手を伸ばしたところで、その古色蒼然《こしょくそうぜん》とした佇まいに、私は漠然とした不安を覚えた。

……これ、中身入ってるのか？

金を取られて終わり、というパターンも充分に想像できたが、私の決意は揺るがなかった。騙したければ騙せ、とばかりに、五百円玉を投入口に押し込んだ。

すると、コインが落ちる音に続き、コンドームの下の小さな赤いランプが点灯した。生きている。こいつは生きている。私は古代兵器の起動実験に成功した科学者のような笑みを浮かべた。販売されているコンドームは三種類あった。私は左端の丸いボタンをぐっと押した。

かたん、と軽い音が聞こえると同時に、私は商品取り出し口に手を伸ばした。片手にすっぽり収まりそうな小さな箱は、ちゃんとポリエチレンフィルムでパッケージングされていた。

ようやく手に入れたそれをポケットに突っ込み、私は小走りにその場を離れた。よっしゃ、とガッツポーズをしたのは、百メートルほど離れてからのことだった。

私は改めてブツを取り出した。ピンクのハートの中に黒い星がちりばめられたそのデザインを、私は今でもよく覚えている。三枚入りで、使用期限まではまだ三年以上あった。問題なく実用に堪《た》えることに私は安堵し、最初のハードルを乗り越えた達成感に包まれた。

あとは、実際にこれを使う展開に持ち込むだけだ。私は夜の飲み会のシミュレーションをしながら、別荘への帰路を急いだ。

6

夜は前年と同様、別荘の庭でバーベキューが開かれた。

我々は網の下に炭を入れるタイプのコンロを囲み、肉や野菜をどんどん焼いていった。炎天下で過ごしたメンバーたちは、よほど喉が渇いていたのか、恐ろしいほどのペースでビールを消費していた。酔いが回るのも早く、誰もが顔を赤らめ、不必要なほど大声で喋り合っていた。

私は彼らの会話に時々参加しながら、羽生さんの様子を窺っていた。彼女の表情はやはり冴えず、手にした缶ビールにもほとんど口を付けようとしなかった。

夜を迎え、羽生さんの緊張はさらに増しているのだな、と思った。そして、私は若干の焦りを覚えた。もっと酒を飲んでもらわないと、羽生さんの理性は崩壊しない。酔わせてしまえば、彼女はぐっと砕けた――露骨な言い方をすれば、エロい雰囲気を醸し出すようになるはずだ。

なんとかして、アルコールを勧めなければならない。しかし、無理強いはできない。なら、どうするか。私が策を練っている間にバーベキューは終わり、場所をリビングに移しての二次会が始まった。

とにかく、羽生さんの警戒心を解くのが先だ。私はそう結論付け、性的なニュアンスのない雑談を交わすために、ソファーに座る羽生さんの隣に腰を下ろそうとした。

「あ、ちょっとごめん」

私を押しのけて羽生さんの横に座ったのは助教授だった。赤鬼のような顔色で、「羽生さんは、将来はどうするの」などと質問を始めた。

「できれば、博士課程に進みたいと思います」

羽生さんの答えに、助教授は、「思います、じゃ困るんだよ」と、ショートパンツから出ている自分の膝を叩いた。

「僕が求めているのは、強い意志だ。研究に一生を捧げても構わない、という覚悟なんだよ。羽生さんにはそれがあるのかい？」

おいおい、と私は心の中で呟いた。まったくもってこの場にふさわしくない、硬派すぎる話題だ。今は楽しい研究室旅行の最中なんですよ、と言ってやりたかった。いくら酔っているとはいえ、あまりにも無粋ではないか。

羽生さんはひとつ息をついて、自分が漠然と思い描いている進路を語り始めた。彼女は博士課程を経て、いつかは海外で研究をしたいという夢を持っていた。当時、彼女の姉はアメリカで通訳をしていた。羽生さんの中には、姉への憧れもあったのだと思う。

これは厳しい。ソファーの周りに形成された真剣な雰囲気に弾き飛ばされるように、私はローテーブルの方に向かった。

「おお、森丸くん。飲んでるかーっ」

真っ赤な顔で西岡さんが手招きをしていた。私が彼の横に腰を下ろすと、「ようよう、調子はどうだい」と阿久津もやってきた。結局また、この三人組だ。

私は新しいビールを開け、三分の一ほどを一気に飲んだ。助教授と羽生さんの間に割って入るためには、空気を読まない力が必要になる。そのためにはもっと酔わないとダメだ、と思ったのだ。

「お、いい飲みっぷりですな」と、西岡さんが満足げに頷いた。

私はげっぷをして、「聞きましたよ、バイトのこと」と言った。「かなり貢いでるらしいじゃないですか。大丈夫なんですか、本当に」

「大丈夫に決まってるじゃないか。働いているからこそ、借金に手を染めずに済んでるんだよ。財政は健全だ」

そこで私は、西岡さんが銀色のネックレスを付けていることに気づいた。どうしたんですかそれ、と尋ねると、「オレのアドバイス」と阿久津が代わりに答えた。「川藤さんにアピールするのにいいかなと思ってさ」

「そんなものがプラスに働くかな」

「オレはそう読んだね。川藤さんはちゃらちゃらした男が好きなんだ。日に焼けてて、腕や首に銀のアクセサリをいっぱいつけてるような男が」

「そういう言い方は気に入らないなあ」と西岡さんが顔をしかめた。「彼女の趣味に文句をつけてるように聞こえる」

「いや、別にそんな。西岡さんから聞いた情報をまとめたらそうなっただけです」阿久津はにやにやしていた。「西岡さんも、そっちの路線を目指すんでしょ」

私はそこで、もう一つ、西岡さんの変化に気づいた。さほど酔っていないように見えるのに、顔だけでなく、首筋や腕もやけに赤くなっていた。

「ひょっとして、肌を焼こうとしてますか？」

「せっかく海に来たんだし、試しにね」とばつが悪そうに西岡さんは答えた。「なんか、さっきからひりひりするんだよなあ」

「一気にやるからですよ。少しずつ、じっくり焼いていかないと」と阿久津。やめさせるつもりはさらさらないようだ。

私は、こんがりと日に焼け、全身を銀色の装飾品で彩った西岡さんを想像しようとしたが、どうにもうまくいかなかった。

その時、右斜め後方から、「やだぁ」という声が聞こえた。すわアダルトビデオ上映会か、と振り返ると、木下に肩を抱かれた金田さんの姿が目に入った。木下のもう一方の手は、あろうことか彼女の服の中に突っ込まれていた。

金田さんは口では「やめなよ、もう」と言っていたが、嬉しそうな顔をしていた。木下は笑いながら金田さんを抱き寄せ、彼女の耳を唇で挟んだ。「いやぁっ」と、全然嫌そうじゃない嬌声《きょうせい》を上げ、金田さんが体をよじった。なんなのだ、この茶番は。とても直視していられず、私は彼らを視界の外に追い払った。

本当は、俺と羽生さんがああなるはずだったのにな……。

ソファーの方を窺うと、羽生さんはまだ助教授と話し込んでいた。二人の周りには、多少酔っぱらったくらいではとても割って入れない、「知」のオーラが漂っていた。

私は生地の上から、ジーンズの前ポケットに入れてあったコンドームに触れた。

……どうやら、こいつの出番はなさそうだな。

私は失望をため息に乗せて吐き出し、やけくそとばかりに、缶に残ったビールを飲み干した。

それから、一時間ほどが経った頃だったと思う。金田さんと乳繰り合っていた木下が、「ちょっとトイレに」とリビングを出ていくのが見えた。

私はその時、結構酔っぱらっていて、半分眠りながら、西岡さんの阪神トークや阿久津の彼女の奇矯なエピソードを聞いていた。

もう寝てしまおうかな、とソファーの方に目をやり、私はそこで初めて、羽生さんの姿が消えていることに気づいた。半ば拘束する形で彼女とディスカッションを続けていた助教授は、今度は教授を捕まえて熱い議論を交わしていた。

慌ててリビングを見回すが、どこにも羽生さんはいなかった。

もう寝てしまったのだろうか。もしそうだとすれば、逆にチャンスかもしれない、と私は思った。二人きりになれば、「何か」が起こる確率はぐっと上がるはずだ。

私は居ても立ってもいられず、酩酊するメンバーの間を縫うようにリビングをあとにした。

羽生さんと助手のおばさんの寝室は昨年と同じ、廊下の奥の部屋だった。

「……ねえ、大丈夫？」

足音を消して廊下を進んでいく途中で、微かに声が聞こえた。羽生さんのものだ。洗面所にいるようだ、と当たりを付け、私は廊下を曲がり、足早にそちらに向かった。

突き当りの引き戸に手を掛けた時、「やだ、ちょっと」と羽生さんが声を上げた。その声に困惑の気配を感じ取った私は、躊躇なく戸を引き開けた。

そして私は見た。トイレの扉の前で、木下が羽生さんに抱き付いているのを。

木下はこちらに背を向け、羽生さんの腰——いや、尻の辺りに両手を回していた。羽生さんは眉をひそめながら、木下の肩甲骨の辺りに手を添えていた。

彼女が私に気づき、三重まぶたの目を見開いた。私は無言で木下の腰を摑み、羽生さんから引きはがした。

「ふえ、温もりが」

「しっかりしろよ。目の前にいるのは、金田さんじゃない。羽生さんだ」

マグマのように滾る怒りをなんとか抑えて、私は言った。木下は「あれ、あれ？」と、目を半眼にしてきょろきょろと左右を見回していた。私は彼の背を押し、廊下の方に追い出してぴしゃりと戸を閉めた。

「あー、ここはトイレだぞう」

大きな独り言を言って、木下が遠ざかっていった。私は洗面所の引き戸に背を預け、大きく息を吐き出した。

「あの、ありがとうございます。外から戻ってきたら木下くんがいて、急に抱き付いてきたからびっくりしちゃって」

「外に？」

洗面所の奥には、浴室と、家の裏に出る勝手口があった。

「少し、外の空気を吸いたくて」

ぎこちなく笑った羽生さんの目尻に涙の痕があることに気づき、私は拳を握り締めた。

「木下のやつ……さすがにひどすぎるな」

「あ、違うんです。これは……」羽生さんが恥ずかしそうに目をこすった。「あの、森さん。ちょっと、話を聞いてもらってもいいですか」

どくん、と心臓がひとつ、大きく跳ねた。

——ひょっとしたら、チャンス到来……なのか？

私は心の中で渦巻く様々な念を隠して、「いいよ、もちろん」と頷いた。

じゃあ、と言って、羽生さんが勝手口の方に向かった。私はポケットの中のブツを確認してからサンダルを履き、彼女のあとを追って外に出た。

　別荘の裏は、横長の庭になっていた。広さは五×十メートルくらいだったと思う。地面の草は綺麗に刈り揃えられていたが、爽やかさと青臭さが混じった、草刈り後特有の匂いがしていた。きっと、研究室旅行の前に、助手のおばさんが旦那さんと一緒に整えたのだろう。

　庭の片隅に、足を伸ばして座る、木製のデッキチェアが二つ、並んで置いてあった。

「あそこはどう」と指差すと、羽生さんはこくりと頷き、埃を払ってそこに座った。

　彼女の隣に私も腰を下ろした。自然な姿勢を取ると、豪勢に星がちりばめられた夜空が見えた。

「すごい綺麗だね、空」

「ホントですね。……さっきは気づかなかったな」

「一人で裏庭にいたって言ってたけど」

「はい。……正直に言っちゃうと、泣いてたんです、私」

　私は顔を動かして隣を見た。羽生さんはじっと夜空を見つめていた。

「先生と話しているうちに、辛くなってきたとか」

「それは全然、大丈夫です。怒られてたわけじゃないですし」

そう言って、羽生さんはろうそくの火を吹き消すように、ふっと息をついた。

「……昨日、彼氏と電話でケンカしちゃって」

羽生さんがぽつりと呟いた瞬間、朝からずっと彼女が塞ぎ込んでいた理由を理解した。そして、自分がひどく自意識過剰な理由付けをしていたことを恥じた。

「……ケンカの原因は？」

「最近忙しくて、電話もメールもあんまりしてなくって、それで、週末に研究室旅行があることを伝え損ねてたんです。向こうは私と会うつもりだったらしくて、『早く言ってくれればよかったのに』って……。その言い方は別に、嫌みっぽかったわけじゃないですけど、なんか、胸に刺さっちゃって。私、つい言い返しちゃったんです。『研究で忙しいから仕方ないでしょ』って。それは向こうも同じなのに、自分を正当化しようとしたんです。電話が終わってから、すっごく嫌なこと言っちゃったって思って、それで……落ち込んじゃって」

「ごめん、ってメールしたら？」

「昼間に送ったんですけど、返事がなくて」羽生さんはスウェットパンツのポケットから携帯電話を取り出した。「まだ、怒ってるのかな……」

「忙しいだけだよ、きっと」と私は心にもないことを言った。本当は、終わってしまえと願っていた。「優しくて包容力がある人なんでしょ、彼は。多少の暴言くらい、許してくれるよ」

「……そうですよね。ありがとうございます。ちょっと、元気になりました」

うん、と私は言った。海の匂いのする風が、私たちの間をするりと吹き抜けていった。

ちゃんと正直に言おう、と私は思った。

「羽生さん、今夜は全然飲んでないよね」

「そう、ですね。やっぱり、そういう気分になれなくて」

「俺、今年こそ羽生さんをべろべろに酔っぱらわせようと思ってたんだ。去年と同じ展開に持ち込みたかったから。でも、なんか、全部が空回りって感じだったね。羽生さんが落ち込んでるのもそうだし、先生にがっちりマークされてるのもそう」

「やだー、そんなこと考えてたんですか？」

羽生さんは笑っていた。彼女が引いていないことに、私は安堵した。

「考えるに決まってるじゃない。俺、まだ羽生さんのことが好きなんだよ」

「ダメですよ、森さん。そんなこと言ったら。雪宮さんが怒りますよ」

「……え？」私はデッキチェアから体を起こした。「なんで、そのことを」

「この間、地下の測定室で阿久津さんに教えてもらったんです。高校の同級生の方と、頻繁に電話してるんですよね。何時間も」

「そんなに長くはないけど……せいぜい一時間くらいだよ」

「でも、好きなんですよね、その人のこと」

「どうなんだろうね」私はため息をついた。「自分でもよく分からないんだ、本当に」

「そうなんですか？　でも、それだけ長く話せるってことは、相性がいいんだと思いますよ。付き合った方がいいですよ」

羽生さんまでもが、阿久津と同じようなことを言いだした。私は「そうかな」と呟くことしかできなかった。

「今度、服を買いに行くんですよね？　もしよかったら、私も同行しましょうか。女性目線も必要だと思いますし」

「いいよ、そんな」

「いえ、ぜひ付き合わせてください。森さんにはずっとお世話になってますし、少しでも恩返しがしたいんです」

私は再び椅子の背にもたれ、「恩返し、ね……」と囁いた。私が求めていたのは、無論、厚意ではなかった。

精神的にではなく、肉体的に恩を返してもらえないかな——私がそう言おうとしたその時、羽生さんの携帯電話が震え出した。

「あっ」と彼女が慌てて体を起こした。「彼氏からです。出てもいいですか」

「もちろん。先に中に戻ってるよ」

私は速やかに羽生さんから離れた。

着信相手が誰だか分かった瞬間の、彼女の満面の笑顔。私は、それをまともに見た。邪な希望を伝えようという気は、完全に消え失《う》せてしまっていた。

7

研究室旅行から一週間後の日曜日、午後三時。私は阿久津と共に新宿にやってきた。待ち合わせ場所は、スタジオアルタの前だった。阿久津と二人、五分ほど待っていると、新宿駅方面から駆けてくる羽生さんの姿が目に飛び込んできた。彼女はゆるっとした無地のTシャツにジーンズという、シンプル極まりない格好をしていた。

「お待たせしました」息を切らせながら、彼女がはにかんだ。「電車が遅れてて」

「そんなに慌てなくてもいいのに。急ぐようなことじゃないし」

「善は急げとも言うよ」と阿久津が私の肩を叩いた。「軍資金は充分かい、森くん」

「一応、それなりに」と私は頷いた。財布の中には、諭吉先生が三枚、しめやかに待機されておられた。

「さっき森くんと話してて、新情報が二つ飛び込んできたんだ」阿久津はやけに嬉しそうだった。「特ダネその一。噂の雪宮さんが、八月に東京に遊びに来る」

「へえ、そうなんですか。いいタイミングじゃないですか」

ちらりと羽生さんが私を見た。「ここが勝負時ですよ」とその目が言っているような気がした。

「そして、特ダネその二。雪宮さんの誕生日も八月なんだってさ」

「ホントですか？　じゃあ、プレゼントも買わないと」

「超大事だよね、プレゼントは。先に服を見て、そのあとでじっくり探そう」

「贈りたいものとか、ありますか？」

「そうだなあ……」私は腕を組んだ。自分でも驚くほど、何のイメージも浮かんでこなかった。「逆に訊くけど、羽生さんなら何がいい？」

「付き合う前の相手と考えると、極端に高価なものや、奇抜なものは避けるべきでしょうね。シンプルなアクセサリか、時計なんかが無難じゃないかと思います」

「……時計か。じゃあ、そうしようか」

同窓会で会った時も東京でラーメンを食べた時も、雪宮はアクセサリをつけていなかったように思う。その習慣がなかったのだろう。馴染みのないものより、普段から使える時計の方が、喜んでもらえる気がした。

方針は決まった。我々はまず、私が着る服を揃えるために、阿久津がよく通っているという、裏路地のセレクトショップに向かった。

灰色一色の武骨なビルの二階に、その店はあった。鼻の下にちょいと髭を生やした三十代の男性がオーナーを務める店で、付き合いのあるデザイナーから仕入れたという一点物を売っていた。場所と雰囲気から、とんでもない値段が付いているのかと心配したが、値札を見ると危惧していたほどではなかった。

服を選ぶセンスは、どう考えても私より阿久津や羽生さんの方が上だったので、私はすべてを二人に任せた。

インナーとして、〈ｎｅｖｅｒｍｏｒｅ〉と白字でプリントされた、鮮やかな水色の半袖カットソー。その上から、薄桃色の五分袖のシャツを羽織る。下は、クロップドパンツと呼ばれる、裾丈を少しカットしたカーキ色のズボン。自分では決して選ばない組み合わせだったが、一揃いを試着した姿を鏡に映してみると、なるほど確かにこれは爽やかだと頷かされた。羽生さん曰く、「森さんのイメージにぴったり」なのだとか。

無事に服を買い、続いて別の路地にある時計店に入った。店は、ＣＤショップや楽器店が入っているビルの地下にあった。全国に数十店舗を構えるチェーン店で、腕時計なら、安いものは千円台から、高いものでも数万円程度と、庶民的と言っていい値段設定だった。

パッケージングされ、入口近くの壁にずらりと掛かっているものはどれも二千円以下だった。私がそちらを見ていると、「さすがにチープすぎるね」と阿久津が言った。

「確かに、ベルトがプラスチックというのはちょっと」羽生さんも同意見らしかった。「金属製のがいいんじゃないですか。この辺りの」

彼女がガラスのショーケースを指差した。収められている腕時計は、一つ一つ台座に固定されていた。女性向けらしく、ベルトが細いものばかりだ。値段は五千円から一万円程度だった。持ってきた諭吉は、すでに稲造と漱石に変わってしまっているが、買えなくはない。

「分かった。じゃあ、この中から選ぼうかな。羽生さん、どれがいいと思う？」

「私なら、これですね」

羽生さんが即答する。彼女が選んだのは、本体が銀色、針と数字が金色で、文字盤が桜色の腕時計だった。全体的に、春っぽいイメージがあり、若い女性なら誰でも似合いそうな、無難な印象のある品であった。

女性が言うなら間違いないね、と阿久津も賛同したので、私は二人の意見を一〇〇％鵜《う》呑《の》みにし、その腕時計を購入した。

これにて本日の買い物は終了。私は二万八千円と引き換えに、勝負服と呼ぶにふさわしい一張羅と、雪宮に渡す誕生日プレゼントを手にした。

このあと、皆で遊びに行くという展開を期待していたが、「実験がある」と羽生さんが言ったため、三人で大学に戻ることになった。

「デート、成功しますよ、きっと」

帰りの電車の中で、羽生さんは楽しそうにそう言った。私への恩返しが無事に終わり、部外者の一人として、純粋に私の恋の行方を楽しんでいるようであった。

「そうだね、まあ、なるようになるよ」

私はそんな、適当な返事をしたように思う。心の中では、羽生さんとタカナシの仲がどうなっているのかを気にしていたが、結局それを訊くことはできなかった。

8

雪宮と再び会ったのは、八月上旬の、薄曇りの日曜日のことだった。

上京の名目は、前回と同様、東京在住の先輩と遊ぶためということになっていた。世間一般の常識に照らし合わせるなら、私と雪宮が二人で会ったことは、デートと呼称しても問題ないと思われる。デートの予定は以下の通りであった。

私の大学を案内　↓　大学の近くの喫茶店で休憩　↓　秋葉原を散策　↓　再び喫茶店で会話を楽しむ　↓　解散。ちなみに、雪宮は先輩と飲みに行くとのことだったので、遅くとも午後六時にはさよならする段取りになっていた。

「初デートで秋葉原というのはどうかな……」と眉をひそめる方もいるだろう。だが、私は自分の好みだけで計画を立てたわけではない。自分の一番ハマっているものを見せた時、相手がどんな反応をするか、それを見てみたかったのだ。雪宮との電話ではがっつりアニメを視聴していることは話しておらず、そこそこマンガが好き、とだけしか言っていなかった。隠していたつもりはなく、ただ言い出す機会がなかったからだが、今回のデートはカミングアウトにはもってこいだと私は考えていた。

ありていに言えば、私は雪宮を試そうとしていたのだ。

雪宮との待ち合わせ場所は、本郷三丁目駅の改札であった。私は新宿で買った服を着て、雪宮が来るのを待っていた。

空を見上げると、不吉という単語を押し固めて作ったような、どす黒い雲が遠くのビルの向こうに浮かんでいた。あまりに荒天になれば、秋葉原散策は諦めるつもりだった。土砂降りになってほしいような、そうでもないような微妙な気分で夏空を眺めていると、ざわざわと人の話し声が聞こえてきた。時刻は午後一時半。約束の時間が来ていた。

振り返ると、地下のホームから上がってきた乗客たちの中に、雪宮の姿が見えた。その日の雪宮は、髪をポニーテールにまとめ、肩口や腰回りが若干ダボついた、空色の半袖ワンピースを着ていた。おお、夏らしい格好だな、と私は素直に感動した。

私に気づき、雪宮がぱっと笑みを浮かべた。改札を抜け、彼女は小走りに私のところにやってきた。

「こんにちは。久しぶりだね」

「うん。遠いところ、お疲れさま」

「飛行機だったから、それほど大変じゃなかったけど」

「そっか。荷物は？」

　雪宮は薄茶色のバッグを一つ持っているきりだった。

「ホテルの最寄駅のコインロッカーに入れてきたよ」

「身軽でいいね。じゃ、行こうか」

　カップルなら手を繋ぐところだが、我々は三十センチほどの微妙な距離を空けて歩き出した。本郷通りと春日通りが直交する交差点を渡り、緩やかな上り坂を二人、並んで歩いた。

「森くんのことで一番印象に残ってるのは、やっぱりセンター試験だね」

　雪宮が歩道沿いの赤レンガの壁を眺めながら言った。

「まあ、そうだろうね」

　私が受けた一九九七年のセンター試験は、新教育課程の初年度ということもあり、例年と比べて異様に平均点が高かった。おそらく、問題作成者がいい塩梅《あんばい》を摑み損ねたのだろう。当時の満点は八〇〇点で、七〇〇点が好成績のボーダーとされる中、進学校とはいえ偏差値六〇程度だった私のところでも、七五〇点を超えた生徒が何人も出た。そして、私は信じがたいことに、七九二点という超高得点を叩き出してしまった。私は応用より基礎が得意なタイプだったため、そういう結果になったのだと思う。

「あの時は、すごかったよね。学年全体がざわざわしちゃって」

「まあ、自分でも異様な点数だと思ったよ。あそこが俺の人生のピークかもね」

「そんなことないよ。これから、研究ですごい成果を残すかもしれないでしょ」

「来年からは会社だからね。組織の一員として、どこまでできるかな。雪宮さんこそ、ノーベル賞を獲るような研究者になるかも」

雪宮は博士課程に進学することが決まっていた。研究室の教授に「どうしても！」と請われたというから、よほど優秀だったのだろう。

「ノーベル賞はさすがに無理でも、研究は続けたいかな。……でも、国内にずっといたら、たぶん成長は止まると思うし、いつかは海外に出ることも考えないとね」

「そっか。大変だな……」

もし、雪宮と付き合うことになったら、私はどうすべきなのか。東京から名古屋に移り住むとはいえ、福岡にいる雪宮との距離は遠いままだ。それが海外ともなればなおさらだ。

「まあ、今から気負いすぎても仕方ないよね」私の思考が本格的に未来に向かう前に、雪宮が明るく言った。「なるようになるよ、きっと」

「そうだね。あ、ここから入ろうか」

話をしているうちに、私たちは赤門と呼ばれる、大学の入口の前に着いていた。元々は加賀藩前田家の屋敷の門だったもので、現在は国の重要文化財に指定されているという代物だ。我々はそこをくぐり、大学の敷地に足を踏み入れた。

私が通っていた大学には、マスコミで紹介されるようなスポットが何箇所かあった。夏目漱石の脳が保存されている医学部の建物。合格発表が行われる掲示板。学生運動のシンボルとして悪名高い、時計塔のある講堂。そして、鬱蒼とした林に囲まれた、三四《さんし》郎池《ろういけ》と呼ばれる広大な池。

それらを簡単に紹介しながらキャンパスを北上し、言問通りをまたぐ陸橋を渡って、私のホームグラウンドである農学部エリアにやってきた。

「へえ、いつもはこの辺にいるんだ、森くんは」

雪宮は興味深そうに建物や掲示板を眺めていた。

「あそこが農学部本館だよ」

林の向こうに見えてきた赤茶けた建物を指差すと、「へえ」と雪宮はそちらに向かって歩き出した。

事前に実験室が無人であることを確かめていたが、ふいに誰かが顔を出さないとも限らない。雪宮を案内しているところを、研究室のメンバー、とりわけ羽生さんには見られたくなかった。私はドキドキしながら、彼女と共に三階に上がった。

「国立大学は、どこもやっぱり汚いね」

廊下には、本棚やロッカー、実験用のボンベが置かれていた。確かに、整理整頓されていたとは言い難い。適当に物を並べていって、その間をとりあえず埋めて、というプロセスでできあがった、無計画の象徴のような光景だった。

「雪宮さんのところも、こんな感じ？」

「大差ないよ。むしろもっと汚いかも。建物が古いから。天井とか、配管剝《む》き出しだからね」

楽しそうに指を上に向け、雪宮が笑った。

やがて、我々は天然物合成科学研究室の実験室に到着した。明かりはついていない。私は安堵し、「どうぞ」と雪宮を中に招き入れた。

「ここが俺の場所」

自分の実験台の前に彼女を連れていき、使っている器具の種類や、引き出しの中の整理法を説明した。ふんふん、と頷く雪宮の目は、科学者としての好奇心で輝いていた。

「あ、あれって」そこで雪宮が、実験室の壁に掛かっているホワイトボードを指差した。

「何年か前に見つかった天然物の構造式だよね」

「うん。修士一年の学生が合成に挑んでるんだ」

その学生とは、何を隠そう羽生さんであった。

「へえ、一年生で？　すごいね。うまくいってるの？」

「わりと順調みたいだけど、どうかな、まだまだ時間がかかると思うよ」

それは私の偽らざる感想だった。作りたい物質を実際に手にするまでは、確実なことは何も言えないのが、この手の研究の常である。未踏峰の登頂に挑んでいるようなものだ。ゴールはいつでも見えているが、頂上にあと数百メートルのところで道が途切れ、引き返さざるを得なくなることもある。

「世界との競争だよね、これくらい難しい物質だと。応援するよ、日本人として。あ、そうだ」雪宮は黒のペンを取り、ホワイトボードの隅に、〈ガンバレ！〉と小さく書いた。「へへ、書いちゃった」

そう言ってはにかむ雪宮は、結構可愛く見えた。

「応援メッセージか。本人のプレッシャーにならなきゃいいけど」

と言ったものの、丸みを帯びたその文字がなんとなく吉兆のように感じられたので、私はその落書きを残したままにしておいた。

実験室の見学と、大学近郊にある喫茶店での休憩を終え、我々は秋葉原へと向かった。

南北線と総武線を乗り継ぎ、午後四時ちょうどにJR秋葉原駅に降り立った。どす黒い雲はどこかに流れ去り、日差しも出てきて、雨の気配は完全に霧消していた。

駅を出ると電気店の看板がいくつも見えるが、そんなところに用はない。私は物珍しそうに周囲を見渡す雪宮を促し、「こっちだよ」と歩き出した。

「すごいね、秋葉原って。異世界みたい」

「観光地だよね、ここまで来るとさ」

「森くんは、よく来てるんでしょ。何か買いたいものがあるの？」

「うん、ほら、あそこに見えてきた」

私は、白地に緑文字で店名が書かれた看板を指差した。

「……CD屋さん？」

「中古のね」と付け加え、私は彼女を連れて店に入った。当時、秋葉原には中古CDをメインに扱う店舗がいくつもあった。それらを順に巡り、掘り出し物のアニメCDを探すのが、私の趣味だった。

店内には独特の雰囲気が漂っていた。客は基本的に二十代から三十代の男性で、みんな眼鏡を掛けていて、示し合わせたかのようにリュックサックを背負い、チェックのシャツとジーンズという格好をしていた。彼らは他者には一切興味を示さず、ひたすら目の前の棚を凝視していた。通信兵を思わせるゴツいヘッドフォンを装着し、ぶつぶつと小声で鼻歌を口ずさんでいる者もいれば、ワゴンに顔を埋めるようにしてＣＤを漁っている者もいた。

ちらりと隣を見ると、雪宮の顔はこわばっていた。異質な空間に足を踏み入れてしまったことへの戸惑いが、彼女の表情にはありありと表れていた。

「雪宮さんは、どういう音楽を聴くの？」

「え、私？　私は、あんまり……椎名林檎《しいなりんご》とか、安室奈美恵《あむろなみえ》とか……」

「そっか。俺はね、アニメの曲が好きなんだ」場の空気に促されるように、私はさらりと自分の嗜好《しこう》をカミングアウトした。「主題歌だけじゃなく、挿入歌とか、キャラソンも聴くし、もちろん、声優さんが出してるオリジナル曲も聴くよ」

キャラソンとは、キャラクターソングの略称である。久川綾さんが水野亜美《みずのあみ》（もしくはセーラーマーキュリー）名義で歌っていればキャラソン、本人の名前で歌っていれば声優ソングとなる。両者の区別は厳密である。

私はほどほどのところで説明を切り上げ、店の奥にあるアニメジャンルコーナーに向かった。本命はアルバムだが、その前にシングル曲——当時はまだ、８センチＣＤがどこでも普通に売られていた——をチェックするのが私の流儀だった。

シングルＣＤはアーティスト名の五十音順に、背表紙を表に向ける形で棚に詰め込まれていた。背表紙は幅三ミリ、長さ八・五センチと細いため、そこに書かれた情報を目を凝らして読み取らねばならない。曲名と歌手名から、アニメのタイトルを思い出し、購入対象にすべきかどうかを判断する。知識量と集中力が必要な作業だった。

五段の棚の最上段、「あ」から「き」まで確認し終えたところで、私は「ふう」と息をついた。

「とまあ、こんな感じでCDを物色するんだけど」

雪宮は「あ、ああ、そうなんだ」と引きつった笑みを浮かべた。早くここから出たい、とその表情が物語っていた。嫌悪感とまではいかないものの、アニソンに興味がないことは明らかだった。

落胆はなかった。雪宮の反応は、オタク文化に触れずに生きてきた女性としては、至極真っ当なものだった。だからこそ、私は羽生さんのことを思わずにはおれなかった。もし、彼女と一緒にここに来たら。私はつい、想像してしまった。きっと、全然違うリアクションが見られたに違いないと。

「ちょっと空気が悪いかな、ここは」

私は小声で言い、雪宮を促して外に出た。

「どこか、見たいところはある？」

店の前でそう尋ねると、雪宮はすっと視線を逸らした。

「別に、それほど……」

「そっか。じゃ、秋葉原はもういいかな」私は携帯電話で時刻を確認した。四時半を少し過ぎたところだった。「映画……を見る時間はないか」

「そうだね。そろそろ、ホテルに行くよ、私。もうチェックインできると思うから」

雪宮が薄暗い路地の奥を気にしながら言った。視線の先には、リュックとポスターとバンダナという典型的な三種の神器を装備した、四十代と思しき巨漢がいた。彼は一人でおでん缶を食べていた。

「分かった。あ、そうだ、これ」喫茶店で渡すつもりだったが、仕方ない。私はカバンからプレゼントの包みを取り出した。「少し早いけど、誕生日おめでとう」

ピンクの包装紙に包まれた長細い箱を受け取るなり、曇っていた雪宮の表情がぱっと明るくなった。

「ありがとう！　開けてみてもいい？」

「もちろん」

いそいそと、しかし丁寧に雪宮は包装紙を剝がしていった。箱の中に丁寧に収められた腕時計を見て、「わぁ」と彼女は目を丸くした。「もらっていいの？　高かったんじゃ……」

「大丈夫、大丈夫。そんな無茶苦茶な値段じゃないから。普段から使うといいよ」

「うん。じゃあ、そうする」雪宮は本当に嬉しそうだった。「今日はありがとう。大学を案内してくれて」

「いや、いいんだ。研究の参考になればいいけど」

「ウチの大学とあまり変わらないって分かってよかった。どこも、狭くて汚いところで実験してるんだって、そう思ったよ。また、研究を頑張れる気がする」

「それはよかった。じゃあ、駅まで送るよ」

私は雪宮と並んで、大通り沿いの歩道を歩いた。その日の最初よりは互いの距離が縮まっていたが、結局、彼女と手を繋ぐことはなかった。

9

研究を妨害する悪魔は、ひょっとしたらキッチリ夏休みを取る主義なのかもしれない。そんな仮説を思いついてしまったのは、九月に入った途端、羽生さんにトラブルが降りかかったからだ。それまで順調に進んでいた合成が、ある段階でまったく進まなくなってしまったのだ。具体的に言うなら、保護基として用いているベンジル基が、どうやっても外れなくなった。と言っても、ほとんどの人には伝わらないだろう。科学者が顔をしかめること請け合いの大胆な比喩《ひゆ》をするならば、「スープの風味づけに使っていたローリエが、鍋から取り出せなくなった」と思ってもらえばいい。

この状態になってしまうと、取りうる選択肢は二つしかない。なんとか保護基を外すか、この合成ルートをすっぱり諦め、違うルートで最初から作り直すかのどちらかだ。

後者を選べば、これまでの研究はいったん白紙に戻ってしまう。それを避けるべく、羽生さんと助教授はあらゆる解決策を模索し始めていた。これまで以上に彼女の実験量は増え、同時に助教授から叱責される場面も増えた。

二人のやり取りを再現してみよう。

「パラジウムではうまくいかないので、白金触媒を使おうと思います」

そんな風に、羽生さんが提案する。すると、助教授は顔をしかめて首を振る。

「だからさ、それじゃダメって言ってるじゃない。別の部分が壊れるって、絶対。手持ちの原料も減ってるし、思い付きであれこれ試す余裕はないんだよ。前にも言ったよね。ちゃんと考えて、それから提案してって。そうだったでしょ？」

声を荒らげたりはしないものの、その口調はどこか、意地の悪さを感じさせるものだった。アイディアを完全に否定された羽生さんは、うつむきがちに「……はい」と答えるしかなかった。

こういった、聞いているだけで気分が滅入《めい》るやり取りが、日に何度も、しかも長時間にわたって繰り返された。当然、研究室は重苦しさに包まれるようになっていった。

とある平日の午前十時過ぎ。私は木下と共に、彼が測定したNMRチャートの解析作業をしていた。

「このピークは、エチル基のものだと思うんですが……」

「割れ方は確かにそうだけど、積分値が小さすぎるよ。不純物じゃないかな」

「でも、二回もカラムをやりました」

「分離できる条件じゃなかったら、何度やっても同じことだよ。もう一度、TLCの溶媒検討をやった方がいいね」

「分かりました。あの、もう一本NMRを測定したいのですが、いいですか」

「ああ、もちろん。またあとでね」

彼は「はい。よろしくお願いいたします」としかつめらしく頷き、NMR用のガラスチューブを手に実験室を出ていった。

私は肩を揉みながら自分の席に戻った。

すぐ後ろの実験台では、羽生さんと助教授が、実験結果についてディスカッションをしていた。いや、ディスカッションという表現は正しくない。羽生さんは「はい」とか「そうですね」とか、ごく簡単な相槌を打つだけで、自分の意見を述べようとしていなかった。ほぼ一方的に、助教授の話を聞いているだけだ。

ちらっと二人の様子を窺うと、羽生さんは椅子に腰掛け、口を真一文字に結んで、実験台の黒い天板をじっと見つめていた。

いたたまれなくなり、私は実験室を抜け出した。羽生さんに助け舟を出したいところだが、ブレイクスルーに繋がる妙案があるわけではない。むしろ邪魔にしかならないことは、痛いほど分かっていた。

少し時間を潰してから戻ろう。そう思ってのろのろと廊下を歩いていると、西岡さんと木下が立ち話をしているのが見えた。西岡さんは満面の笑顔、一方の木下は困惑顔だった。

西岡さんがこちらに気づき、「おお、森丸くん、ちょうどいいところに！」と手を挙げた。実に上機嫌だった。

「どうしたんですか、やけに嬉しそうですけど」

「いやあ、そりゃあこんな顔になるよ」と西岡さんが頬に手を当てた。彼の肌は明らかに日に焼けていたし、耳には銀色の小さなピアスが光っていた。「努力がようやく実を結んだと言いますか、大人の階段を上ったと言いますか」

その言い方でピンときた。

「川藤さんとなにかあったんですか」

「その通りだよ、森丸くん！」と西岡さんが私を指差した。「昨日の夜、僕たちは結ばれたんだ」

「……だそうです」と木下が付け加えた。通り掛かったところを、西岡さんに拘束されたのだろう。さっきから彼の武勇伝を聞かされていたに違いない。

「木下くん、測定があるんじゃないの」

「そうなんですが……」

「まあ、いいじゃない。今はボクの話を聞く方が大事だよ」

自慢したくて仕方ないらしい。私は仕方なく、「一体、どういう経緯でそうなったんですか?」と質問した。

「昨日、川藤さんと夜ご飯を食べてたら、急に向こうが泣き出しちゃってさ。彼氏にフラれちゃったんだって」

「えっと、それは何番目の……?」

「一番だよ、一番。二股から一人に絞って、真剣に付き合ってたらしいよ」

「ははあ、なるほど。それで落ち込んでたと」

「二兎《にと》を追う者は一兎をも得ず、ですね」と木下が神妙に言った。

「とにかく、大チャンスだと思ってさ。『ウチに来なよ。じっくり話を聞くからさ』って誘ったんだ」と語る西岡さんの鼻息は荒かった。

「それで、なんだかんだで結ばれたと」

「イエス、ザッツライト!」西岡さんが親指を立てた。「最高の夜だったよ」

「うまくいきました？　初めてだったんですよね」

「そりゃもう。彼女がしっかりコーチングしてくれたから。何の問題もなかったよ」

西岡さんは陶然とした表情で、手の指をもみもみと動かした。

「あの、もういいですか。私はどうも、そういう話は……」

下ネタが始まる気配を察してか、木下が頭を下げながらその場を離れようとした。すかさず、「ちょっと待った」と西岡さんが彼の白衣の裾を摑んだ。「実は、木下っちに教えてもらいたいことがあるんだ」

「私に分かることなら、なんでもお答えしますが……」

「ズバリ訊くけど、木下っちは、金田さんの——」

西岡さんの質問は実に生々しいものだった。その内容を忠実に述べるのはさすがに憚《はばか》られるので、申し訳ないがぼかさせていただく。余談であるが、某少年誌でその行為を指すワードが伏字なしで使われた時は、ネットの住民たちが騒然としたものだ。興味がある方は調べてみるといい。

とにかく、簡単に言うなら、川藤さんの体のある部分を舐めたら舌が痺れるような味がしたのだが、金田さんはどうなのか、という問いであった。

「——という感じでね。ひょっとしたら、川藤さんは病気なんじゃないかと心配になったんだけど」

「えっと……それはですね……」木下は顔を赤くしていた。「それはたぶん、一般的にそういうものなのではないかと。基本的には酸性であるはずなので、しょっぱいようなすっぱいような味がするのは当然ではないでしょうか。電池の裏を舐めた時の感じと言いますか……」

「うーん、そうなのかな。森丸くんはどう思う?」

「どうと訊かれましても……」と私は頭を掻いた。

「あ、そっか、森丸くんはまだ経験がないんだったっけ。ごめんごめん」西岡さんは、反射的に殴りたくなるような、優越感にあふれた表情で私の肩を叩いた。「あとは木下っちに教えてもらうから、もういいよ」

「ああ、そうですか。じゃ、お言葉に甘えて」

私は二人の脇を抜けて、小走りにその場を離れた。

こちらを小馬鹿にするような言い方には腹が立ったが、先を越されたという悔しさは感じなかった。純粋に、西岡さんの努力と執念に敬意を払いたいと思った。

諦めなければ、いつか夢は叶う。綺麗ごととしか思えないその言葉を、少しは信じていいのかもしれない。

消えかけていた希望の灯が、ふっと心にともるのを私は感じた。

10

九月の下旬に差し掛かったある日の午後。測定室から実験室に戻って来るなり、「ちょっといいかい」と助教授に声を掛けられた。

彼の隣に、硬い表情をした羽生さんが立っていた。若干不穏な空気を感じつつ、「はい、なんでしょうか」と私は応じた。

「急な話で申し訳ないんだけど、来月の十、十一日に仙台で開かれる学会に、僕の代わりに参加してもらえないかな」

急な話と前置きされたにもかかわらず、急すぎて話が見えなかった。「え、どういうことですか」と私は二人を見比べながら尋ねた。

「天然物合成新進シンポジウム、っていう学会があって、僕と羽生さんの二人で参加するつもりだったんだけど、大事な会議が入ってしまってね。僕は出られないんだ。それで、森くんに代わりを務めてもらえたらと思ってね。羽生さん、今回初めて口頭発表するんだよ。サポート役がいた方が安心できると思うんだ」

私はちらりと羽生さんを見た。視線が合うと、「お願いします」と彼女は微笑んだ。

「私一人だと、勝手が分からなくて……」

か弱さの滲む声に、私の胸が急速に高鳴り始めた。私は高揚を隠して、「泊まりですか」と冷静に訊いた。

「ああ。彼女の発表は二日目だけど、最初から参加した方がいいよね。若い人が多い学会らしいから、刺激にもなるんじゃないかな」

迷うと逆に変な勘繰りをされるかもしれないと思い、「分かりました」と私は速やかに返答した。

旅行中は、羽生さんとずっと二人でいられる。断る理由はどこにもなかった。

かくして私は、羽生さんと共に学会へと赴くこととなった。


学会の仕組みを、簡単に紹介しておきたい。一言で言ってしまえば、「研究者の、研究者による、研究者のための発表会」ということになる。

発表者は壇上に上がり、資料をスクリーンに映しながら研究内容を説明し、会場からの質問に答える。一人当たりの発表時間は、質疑応答込みで二十分から四十分くらいだ。

いずれ論文で発表するのだから、わざわざ人前で喋らなくても、と思った方もいるだろうが、それは言ってみれば、ＣＤとライブの違いのようなものだ。綺麗に仕上げられた論文を読む方が効率はいいが、生には生の迫力がある。また、百戦錬磨の研究者と直接議論することによって得られる経験もある。真剣勝負の場に身を置いてこそ身につく能力もあるわけだ。

十月十日、午前九時半。東京駅の新幹線ホームに現れた羽生さんは黒のパンツスーツを着ていた。前年の三月に、彼女が挨拶に来た時の記憶がまざまざと蘇り、私は甘酸っぱさの混じった切なさを覚えた。

私たちは到着した新幹線に乗り込み、指定席に並んで座った。

「昨日はよく寝られた？」

「正直、あまり」と羽生さんが苦笑した。寝不足のせいだろう、まぶたが四重になっていた。「人前に立って発表することを想像したら、どんどん目が冴えてきてしまって」

「そんな、緊張するほどのことはないのに」

「森さんは、口頭発表の経験は豊富ですか」

「農学部の研究発表会も含めると、合計三回かな」

「何か、落ち着くコツってありますか？」

「原稿を暗記しちゃうことだね。もう、覚えたんでしょ？」

すでに彼女は、研究室のメンバーの前で予行演習を二回行っていた。その時点で原稿も見ずにすらすら喋っていたのだ。準備は万端と言っていいはずだった。

「覚えましたけど、忘れちゃいそうで……」

羽生さんはポケットから原稿を取り出した。何度も何度も見返しているせいで、紙がすっかりしわだらけになってしまっていた。

新幹線が動き出した。私は背もたれに体を預け、「全然、別の話をしようか」と提案した。「その方が気が紛れるよ」

「……そうかもしれないですね」

彼女が原稿を仕舞うのを待って、「羽生さん、就活はどうするの？」と私は尋ねた。

「やらないつもりです。博士課程に進みます」

覚悟が感じられる真剣な表情で、羽生さんはそう答えた。

私はそこで、ワンクッション入れるように軽く咳払《せきばら》いをした。

「彼氏さんは？」

「就職するつもりだって言ってました。都内にある会社に絞って、エントリーシートを出してるそうです」

進路が違《たが》うことになっても、二人の関係は維持されることになりそうだ。私はそのことに落胆し、黙り込んだ。

するとと、お返しとばかりに「雪宮さんとはどうなりました」と羽生さんに訊かれた。

「プレゼントは喜んでくれたよ、すごく。買い物に付き合ってくれてありがとう」

「いえ、どういたしまして。じゃあ、順調ってことですか」

「定期的に電話はしてるね。まあぼちぼち、って感じじゃない」と私は答えた。私と雪宮の仲は、東京でデートをする前と何も変わっていなかった。私の趣味を彼女がどう捉えたか分からないが、少なくともその話題が出ることは一度もなかった。

「付き合うつもりはあるんですよね？」

重ねて羽生さんが訊いてきた。私は「どうかな」と視線を窓の外に向けた。ビルの窓ガラスに、自分が乗っている車両が映し出されていた。

「……俺、別に羽生さんのこと、諦めたわけじゃないから」

「そんな、雪宮さんに悪いですよ」

「悪いとか悪くないとか、そんなことはどうでもよくて」周りの乗客を気遣って、私は小さな声で言った。「少なくとも、心から彼女のことを好きだと思える瞬間が来ない限り、告白することはないよ」

羽生さんはため息をついた。

「……遠距離恋愛の難しいところですよね。毎日顔を合わせていれば、全然違うと思いますよ」

「そうかもね」

私は足元に置いたリュックサックをちらりと見た。一番外側の小さなポケットには、研究室旅行の時に手に入れたコンドームが入れてあった。

西岡さんは、川藤さんと結ばれた。なら、自分にもチャンスはあるはずだ。

いつか、羽生さんは「二股に近い状態」を経験したと語っていた。そのもう一つの「股」に、私はなりたかった。

そんなことをしたら、どんな修羅場がやってくるか分からない——などと想像する余裕はなかった。その時の私は、性欲に突き動かされる、一匹の獣になりかけていた。

仙台駅で新幹線を降りると、私たちは手近なレストランで少し早い昼食を済ませ、路線バスに乗り換えた。乗り心地の悪いバスに揺られること十五分。午後〇時半に、学会が開かれるホテルに到着した。

荷物をフロントに預け、参加受付を済ませてから、さっそく会場である大ホールに向かった。段差のないフラットなホールには、椅子が二つ置かれたテーブルが三列、ずらっと並んでいた。数えてみると一列に十六台ずつあった。満席だと、九十六人着席できる計算になる。学会の規模としては平均よりやや小さめと言ったところだ。

学会は午後一時から。すでに三割ほどの席が埋まっていた。私と羽生さんは中ほどの席に陣取った。

受付でもらったプログラムで今日の講演の内容を確認していると、「あれ、森くんじゃないの」と名前を呼ばれた。聞き覚えのある、独特のかすれ声。顔を上げると、会場の前方で、ぽっちゃりした女性が手を挙げていた。

私が立ち上がると同時に、彼女がぽてぽてと駆け寄ってきた。アンパンマンのような顔つきをしたその女性の名は、沢村《さわむら》さんといった。当時は四十代前半で、北海道にある某国立大学で助教授をしていた彼女は、我が研究室の教授の一番弟子であった。

「ご無沙汰しています」と私は会釈した。沢村さんとは二年前に、別の学会で顔を合わせたことがあった。「沢村さんも参加されていたんですね」

「そう。あたしだってまだまだ若手だからね」沢村さんが豊満としか言いようのない胸をぽよんと叩く。「隣は、同じ研究室の子？」

「あ、はい。そうです」

私は羽生さんを彼女に紹介した。

「ああ、はいはい。あなたのことは、先生から聞いてるよ」沢村さんはにっこり笑い、ぷにっとした手を差し出した。「研究室の次のエース候補だって」

「いえ、そんな。まだまだです」と恐縮しながら、羽生さんは沢村さんと握手をした。

「かなり難しいテーマに挑んでるんだってね」

「はい。この間までは順調に進んでいたのですが、少し壁にぶつかっています」

「そうなの。よかったら、じっくり話を聞かせてほしいな。君たち、懇親会に出る？」

「あ、いえ」と私は首を横に振った。

学会は午後六時までで、そのあとにホテル内で懇親会が開かれることになっていた。参加者同士、親交を深めるのに役立つ場だが、周りは知らない人ばかりだろうと思い、参加申し込みはしていなかった。

「当日参加もオッケーだから、出なよ。ね？」

夜は羽生さんと二人で食事に行くつもりだったが、大先輩の言うことには逆らえない。

「では、そうさせてもらいます」と私は答えた。

「オッケー、じゃ、また夜に」

沢村さんは手を振ってその場を離れ、一番前の席にどすんと腰を下ろした。

「なんだか、姉御って感じの方ですね」

彼女と握手を交わした手を見つめて、羽生さんがぽつりと言った。

「豪快な人だよ。食べる量も飲む量も多いんだ」

私はそう言って、腕を組んだ。計画が狂ってしまったが、まだまだ修正は可能だ。羽生さんにたくさんアルコールを飲ませる。そこさえクリアすれば、私の目的は達成できるはずだ。

学会の開始が近づき、会場の照明が薄暗くなった。私は白く輝くスクリーンを見つめながら、その夜のシミュレーションに没頭していった。

11

質疑応答が盛り上がって長引いたため、学会は予定より二十分遅れで終了した。

懇親会は六時半からだった。私と羽生さんはチェックインを済ませ、荷物を持って宿泊する部屋に向かった。私の部屋は五〇三号室、羽生さんは隣の五〇四号室だった。私は、羽生さんといったん別れて自室に入った。壁際にベッドが一つ。作り付けの机に、四本脚の木の椅子。ユニットバスと、衣服を仕舞う簡素なクローゼット。どこにでもある、普通のビジネスホテルだった。

携帯電話を見ると、木下からメールが届いていた。

〈学会お疲れさまです。西岡さんに言われてメールをしております。お土産よろしくとのことでした。有意義な旅となることをお祈り申し上げます〉

有意義、か。そうなればいいのだが、と私は携帯電話をポケットに戻した。無論、学術的な意味ではない。果たして、羽生さんをこの部屋に誘い込めるだろうか。私はベッドに腰を下ろし、スプリングの具合を確かめてから廊下に出た。

部屋から羽生さんが出てくるのを待ち、二人で懇親会の会場に向かった。懇親会は立食形式だった。やや縦長の部屋の左右にテーブルがあり、オードブル、パスタ、唐揚げやピラフといった料理が盛られた大皿が並んでいた。部屋の中ほどには、六、七人くらいで囲める丸テーブルがいくつか置かれていた。

羽生さんと共に会場の出入口近くで待っていると、やがて沢村さんが自分の学生を引き連れてやってきた。

「お、ちゃんと来たね。えらいえらい。じゃあ、あの辺のテーブルに陣取ろう」

沢村さんと羽生さんが並んで歩き出した。二人の背中を見つめながら、これでいい、と私は思った。翌日の発表を控え、羽生さんは深酒をしないように気をつけているだろう。そのガードを突き破るには、沢村さんの力を借りるのが手っ取り早い。同性から飲むように勧められたら、断るのは難しいはずだ。知らず知らずのうちに大量のアルコールを摂取する羽目になるに違いない。それが私の目論見《もくろみ》であった。

結論から言うと、私の予想は半分当たり、半分外れた。

懇親会がスタートするやいなや、ビールやらワインやらウイスキーの水割りやら、沢村さんは手当たり次第に酒を飲み始めた。そんな彼女に追随するように、沢村さんのところの学生も、がぶがぶとアルコールを口にし、赤ら顔でサイエンスの話題で盛り上がり始めた。

一方の羽生さんは、豪快なその雰囲気に呑まれることなく、ビール一杯とワイン一杯を飲んだだけであった。彼女はずっと、自分の研究テーマの課題について沢村さんと議論をしていた。

懇親会は午後九時にお開きになった。無聊《ぶりよう》を埋めるようにビールを飲み続けたので、私はかなり酔っていて、一方、羽生さんはほぼ素面《しらふ》であった。

これでは作戦が成り立たぬ、と焦る私に手を差し伸べるように、沢村さんは羽生さんを二次会に誘った。ところが、羽生さんは「明日は発表がありますので、せっかくのお誘いですが」と丁重に断ってしまった。「羽生さんをベロベロに酔っぱらわせる」作戦が、ガラガラと崩壊していく音が聞こえた気がした。

私は仕方なく会場を出て、羽生さんと共にエレベーターに乗り込んだ。

「懇親会、参加してよかったです。今の課題を乗り越えるヒントをもらえました」

「そう、それはよかった」

返事がおざなりになったが、それもやむを得ないことだった。私はエレベーターの扉の合わせ目を凝視しながら、アルコールで痺れ始めた脳で、次に打つ手を必死で考えていた。

しかし、思い浮かぶのはどれも犯罪に該当する手段ばかり。性欲モンスターと化していた私ではあったが、人間としての理性、尊厳を失ってはいなかった。冷静と情熱の狭《はざ》間《ま》で思考を巡らせた結果、「もはやこれまで」という結論に至ったのは、むしろ誇っていいことかもしれないと私は思う。

やがて、エレベーターは五階に到着した。カゴを降りて廊下を進み、五〇三号室の前で私が立ち止まり、少し先、五〇四号室の前で羽生さんがこちらを向いた。

「お疲れさまでした」

「……お疲れ。明日はいよいよ本番だね」

「はい。お風呂にゆっくり浸《つ》かって、なんとかリラックスしたいと思います」

ふっきれたような、清々《すがすが》しい笑みを浮かべ、羽生さんがカードキーを取り出した。

「おやすみなさい」

「……うん、おやすみ」

不審に思われないように、私は羽生さんと同じタイミングで部屋に入った。

明かりをつけ、靴を脱いでベッドに倒れ込んだ。

天井に向かってため息を一つ、そして私は目を閉じた。

野望は成就されずに終わった。思い返してみれば、計画はまったく緻密ではなかったし、そもそも、私には成功確度の高い計画を立案する能力がなかった。成果に結びつかない努力は、努力と呼べない徒労だ。身勝手な夢想に酔いしれながら、ただ座して奇跡が舞い降りるのを待っているのと何も変わらない。

疲労感が私の体を包み込もうとしていた。いつしか、私は無数の手に引きずり込まれるように、眠りの世界に落ちていた。

夢は見なかった。はっ、と目を覚まし、私はベッドから跳び起きた。ヘッドボードに嵌《はま》っている時計は、つい数分前に日付が変わったことを知らせていた。

もう、手遅れなのか……。

――いや、そうじゃない。

まだ間に合う、何かをやらねばならないという使命感が、突如として湧き上がってくるのを私は感じた。その感情には、まさしく獣の本能というべき激しさが伴っていた。

私は半分寝ぼけていて、そして間違いなく酔っていた。

私はスーツの上着を脱ぐと、リュックサックから取り出した例のブツをポケットにねじ込み、携帯電話を手にして廊下に出た。

人の気配はまるで感じ取れず、辺りはしんと静まり返っていた。だが、その上品な静けさは、すぐに私の鼓動の音で打ち破られた。耳の横に心臓を移植されたのではないかというほど、脈打つ音がやかましかった。

私はゆっくりと、五〇四号室の前に移動した。

携帯電話で、羽生さんに電話をかけた。しかし、応答はなかった。もう寝てしまったのだろうか。私は焦燥感に掻き立てられるように、縦に金色の筋が走った黒いドアをノックした。

ごん……ごん……。最初は控えめだったノックは、知らないうちにテンポを上げていた。ごんごん、ごんごん、と私はしつこくノックを続けた。

「……誰ですか」

ドアの向こうから微かに聞こえた声に、私はぴたりと動きを止めた。

「森だけど」

「……森さん？　どうしたんですか」

羽生さんの声には、戸惑いと緊張が入り混じっていた。非常事態が起きたのではと心配していたのだろうと思うが、その時の私には羽生さんの不安を思いやるだけの余裕はなかった。

「話があるんだ。ちょっと開けてくれないかな」

「え、でも、もうお風呂に入ってしまったので……」

今はすっぴんだから困ります、と彼女は婉曲《えんきょく》的に言っていたのだが、私はそのことにまったく思い至らなかった。引き下がるどころか、「頼むよ、少しだけでいいから」と懇願する始末であった。

「開けてよ」「いやそれは」の問答を繰り返すこと数回。根負けしたのは羽生さんの方だった。「じゃあ……」と言い、彼女はドアを数センチ開けてくれた。隙間から見えた羽生さんの髪は少し湿っていて、それがやけに色っぽく見えた。

「ごめん、こんな夜中に」

とりあえず謝ってみたが、次の言葉が続かなかった。

羽生さんは微かに眉をひそめ、私を見つめていた。その表情からは、今にも「特に用がないなら、これで」とドアを閉めそうな気配がぷんぷんと発せられていた。

余計な駆け引きはいらない。勝負に出てやる。私はありったけの勇気を振り絞って、

「やらせてもらえないかな」と言った。弁護のしようのない、最低な提案であった。

「えっ……」

さすがに予想していなかったのだろう。羽生さんは絶句した。

私はドアの縁を摑み、隙間に顔を寄せた。

「ほら、去年の研究室旅行で言ってたじゃない。酔ってたら、キスの先があるかもしれないって」

「……でも、今、私は酔ってないですし」

「いいじゃない、別に酔ってなくても。酔ってることにすればさ」

酔ってるのはお前だろう？　と問い詰めたくなるような支離滅裂ぶりであったが、私は説得に必死で、恥を晒しているという自覚はまるでなかった。

「無理ですよ、さすがに」

「大丈夫、準備はちゃんとしてあるから」

「いや、そういう問題じゃないんで……」

羽生さんがドアノブに手を掛けた。

まずい、と思うが早いか、私は廊下に手と膝を突いていた。流れるように額を床に付け、「お願いします」と私は言った。まごうことなき、人生初の本気の土下座であった。

「ちょっ、やめてくださいよ。そんなことされても、どうしようもないですから」

困惑しているというより、羽生さんはなりふり構わぬ私の行動に完全に引いていた。一方、私はこれこそが唯一の解決手段とばかりに、頭を下げ続けた。本当にどうかしていると思うが、虚飾のない現実を忠実に描写すればこうなってしまう。現在進行形でプライドをどぶに捨てていることに、私はまったく気づいていなかったのである。

幾秒かの沈黙が、私と羽生さんとの間に流れた。

そして、私は羽生さんの深いため息と、訣別の一言を聞いた。

「――ごめんなさい、もう、寝ますね」

待って、と顔を上げた私は、ゆっくりとドアが閉まっていくのを見た。

膝立ちになってドアにすがりつこうとする私の耳に、チェーンが掛けられる音が届いた。そこでようやく、私は我に返った。

頬が異様に熱くなっていたが、心臓は不気味なほど静かに鼓動を刻んでいた。私は五〇四号室のドアに向かって、「ごめん」とだけ声を掛け、自室に戻った。

服を脱ぎ、Tシャツとトランクスだけになってベッドに潜り込み、私は頭からすっぽりと布団をかぶった。頬に手を当てるとひどく熱い。しかし、なぜか体は小刻みに震えていて、寒いはずもないのに寒くて仕方なかった。

いつ眠りが訪れたのか、そもそも寝られたのかどうか。それからあとのことはよく覚えていないが、気づくといつの間にか夜が明けていた。

布団の中から顔を出そうとして、喉に強い痛みを覚えた。全身に倦怠感《けんたいかん》があり、頭もぼんやりしていた。

掛け布団を少し持ち上げて時刻を確認すると、午前八時四十五分になっていた。学会は九時からだ。食事をしている時間はもうない。着替えと身支度を済ませて、会場に向かわねばならない。私は気力を振り絞ってベッドを降りた。

新しいワイシャツを着て、スーツのズボンを穿いたところで、携帯電話にメールが届いた。〈そろそろ会場に行きませんか?〉とあった。部屋にいるようだった。羽生さんからだった。返信し、廊下で待ち合わせることにした。

五分後。寝癖だけ直して部屋を出ると、羽生さんが私を待っていた。彼女は私の顔を見て、「大丈夫ですか?　顔色が悪いですけど……」と心配そうに言った。

「いや、別に大丈夫」と答える声がかすれた。私は口を押さえて咳き込んだ。

「風邪じゃないですか」

「別に平気だよ、これくらい」

「ダメですよ。部屋で待っててください」

羽生さんは自分の部屋に戻ってフロントに電話をかけ、体温計を届けさせた。

熱を測ってみると、三八・七℃あった。発熱の事実を認識した途端、体の力が抜けた。

わずか数時間のうちにこれほど体調を崩したことに私は驚いた。朦朧《もうろう》としながら、「病は気からっていうのは本当なんだな」などと私は考えていた。

羽生さんに促され、私は自室のベッドに横たわった。

「これじゃ、さすがに学会に出るのは無理ですね」

「え、ああ、そうかな……」

「チェックアウトを遅らせて、部屋で休んでいてください」

「でも、羽生さんの発表の手伝いが」

「私一人で大丈夫ですから」

羽生さんは毅然《きぜん》として言い切った。私は自分が足手まといにしかならないことを悟り、おとなしく頷いた。

私の額に、羽生さんが濡らしたタオルを置いてくれた。情けなさで涙が出そうだった。

「移すといけないから、もういいよ……」

私は目を閉じてそう言った。

「……分かりました。何かあったら、いつでも連絡してください」

羽生さんが立ち上がり、私に背を向けた。

謝らなくちゃ、と唐突に思った。私はドアに向かう羽生さんに、「昨日はごめん」と言った。

だが、声が届かなかったのか、羽生さんは「お大事に」とだけ言って、そのまま部屋を出ていってしまった。


私は結局、昼までホテルの部屋で眠り、そのあと一人で帰京した。西岡さんに言われていた土産を買う余裕はなかったし、そもそも土産のこと自体、頭の中から完全に抜け落ちていた。

新幹線の中で、私は窓の外の景色を眺めながら、声を殺して泣いた。泣けて泣けて仕方がなかった。この時の私ほど、みじめという言葉が当てはまる男もいないと思う。

車内はまるで私に気を遣ったかのように空いていて、周りの席に乗客は一人もいなかった。涙を誰にも見られなかったのが、唯一の救いと言うべきだろう。

◆原作者より、これから最終章を迎えるあなたへ◆

三回目なので、そろそろ原作者のパートが入るのでは、と予想されていた方も多いだろう。最終章の前に、「私」からまたコメントをしておきたい。

本作は四章仕立てなので、ここまでで全体のおよそ七五％が終わったことになる。ここに来て、ようやくすべての登場人物が揃った。

整理のために、主要人物の一覧表を作成した。ちなみに、物語への関与が薄いためほとんど描写されていないが、天然物合成科学研究室には他にも数名の学生がいた。

・研究室のスタッフ　：教授、助教授、助手のおばさん
・森の一学年上の先輩：西岡、涌井
・森と同学年　　　　：阿久津、金田、真野、雪宮
・森の一学年下の後輩：羽生、タカナシ、阿久津の彼女
・森の二学年下の後輩：木下

冒頭で宣言したとおり、「私」は本文中に登場する、森氏以外の誰かである。はっきり言ってしまえば、この一覧表の中にいる。

なお、「私」は原作者であるが、「私」についての心理描写は皆無であり、そうだと分かるような思わせぶりな記述をなるべく加えないように喜多喜久氏には頼んでおいた。ミステリ的な仕掛けのためではない。単に恥ずかしいからだ。（自分が小説の登場人物になった時のことを想像してみてほしい）

森氏の物語は、ここに来ていよいよ不穏な気配が漂い出した。

もしやり直せるなら、どの地点に戻るべきなのか。より良い方向に変えるチャンスはあっただろうか。森氏は後年、そんな疑問に悩むことになる。

「私」にも答えは分からない。読者の皆様には、二〇〇二年の森氏と一緒に、ぜひその問いについて考えてもらえればと思う。

Chapter

4

1

季節が進み、日中の最高気温が徐々に下がっていくにつれて、羽生さんの表情は少しずつ暗く、険しくなっていった。

学会でいろいろアドバイスをもらったものの、課題解決のための検討はいずれも失敗に終わり、彼女の研究は相変わらず停滞したままであった。乗り越えるべき壁の高さは変わっておらず、一方で打てる手はどんどん減っていく。自然と、助教授とのディスカッションの時間は長くなり、やれることを見出すのが難しくなりつつあった。

決断が下されたのは、十一月の半ばを過ぎた頃だった。

「最初からやり直そう」

助教授がその言葉を発した時、私はたまたまそばにいて、分液ロートを振っていた。

「このまま検討を続けるより、最初から作り直した方が、結果的にゴールは近くなると思う。急がば回れだよ」

「……合成ルートはどうしましょうか」

羽生さんの声はわずかに震えていた。残酷な宣告に、強いショックを受けたのだろう。彼女の心中を思うだけで、胸が痛くなった。

「どうするって、それはこれから考えていくことでしょ」消極的な羽生さんの質問にカチンと来たらしく、助教授の口調は厳しかった。「これまでの実験をしっかり振り返って、その上で、最も成功率が高いと思われる、ロジカルなルートを提案する。それは僕じゃなくて、君の役割だよ。違うかい？」

「違う？」と訊く時、人は常に正論を吐く。「違います」と言えるはずもないのだから、明らかにそれは無意味で、しかもひどく攻撃的な問いだ。

羽生さんは黙っていた。ちらりと視線を向けると、彼女は唇を噛んでうつむいていた。その表情が目に入った刹那、私の中で激しい怒りが爆発した。

「ちょっと待ってください！　言い方ってものがあるじゃないですか！」と私は言った。言わずにはおれなかった。

私が助教授に歯向かったのは、その時が初めてだった。彼は明らかに戸惑い、「え、いや」と頭を掻いた。

分液ロートを保定器具に置き、私は助教授に詰め寄った。

「羽生さんはちゃんと努力をしています。先生だってそれをずっと見てきたじゃないですか。それなのに、なんでそんな言い方になるんですか……！」

喋っているうちに、どんどん感情が昂っていくのが分かった。握った拳が震え、目尻に謎の涙が浮かんできたが、私はそれでも言葉を止められなかった。

「最初からやり直すって判断は仕方ないと思いますけど、それを言われてすぐ、次のルートを考えろって、それはさすがに無理じゃないですか。せめて今日ぐらいは心と体を休めて、いったん仕切り直して、それから改めて課題に向かうべきでしょう。それなのに、今みたいな……」

ふいに腕に痛みを感じ、私は言葉を切った。

「――もういいですから、森さん」

羽生さんが、爪を立てるようにして私の肘を摑んでいた。

「あ、ああ……」

冷水をぶっかけられたかのごとく、私の怒りは急激に醒めた。そして、自分がいかに無礼なことをしたかを察し、助教授に頭を下げた。

「……すみませんでした、でしゃばった真似をしてしまって」

「いや、僕も悪かった。少し、冷静さを欠いていたみたいだ。森くんの言う通り、今日は実験は休みにしよう」

助教授は私の肩をぽんと叩き、「ありがとう」とその場を離れていった。

振り返ると、羽生さんは視線を足元に落としたままだった。

「あのさ……」

声を掛けようとしたが、羽生さんは一切こちらを見ずに実験室を出ていってしまった。私は彼女を追って廊下に出た。彼女は小走りに非常階段の方に向かっていた。外は薄暗かった。もうすぐ日が沈む時刻だった。

彼女を一人にしてはいけない、と私は感じていた。廊下を駆け、非常ドアを出たところで羽生さんに追いついた。

「大丈夫?」

「——どうしてあんなこと言うんですか」

羽生さんが振り返った。彼女の頰を、一筋の涙が流れ落ちた。

「いや、羽生さんが可哀想だと思って……」

「私は別に平気です」羽生さんは手の甲で乱暴に涙を拭った。「先生は私のことを思って言ってくれたんです。森さんのせいで、次から先生が遠慮しちゃうじゃないですか」

「それは……ごめん。そこまで気が回らなかった」

羽生さんが大きなため息をついた。

「もう、ああいうことはしなくていいですから」

羽生さんは明らかに私を邪魔者扱いしていた。助けようとしたのに、なぜそんな態度を取られなければならないのか。理不尽だと私は感じていた。

「分かったよ。余計なことは二度と言わない」

私は吐き捨てるように言い、彼女に背を向けて非常口のドアノブを摑んだ。

「……この間の仙台のあれですけど」

羽生さんの言葉が、私の体をその場に縫い付けた。私は振り返らずに、「……うん」とだけ呟いた。

「ああいうの、すごく困るんです」

「……そう。次からは気をつけるよ」

私は声を抑えながら答えた。それと反比例するように、羽生さんの声はさらに刺々《とげとげ》しさを帯びた。

「行きの新幹線の中でも、変なこと言ってましたよね。悪いんですけど、私、森さんの気持ちに応えられないですから。私、彼氏のこと、ホントに好きなんで」

「ああ、そう」

「私の彼氏、すごくいい人なんです。私のこと、いつでも優しく見守ってくれてるし、私がわがままを言ってもちゃんと聞いてくれて、会いたいって言ったら、夜中でも車を飛ばして会いに来てくれるし、本当に大好きなんです。だから、彼に変な疑いを持たせるようなことはしたくないんです」

なんだそれ、と私は思った。さすがにそれはないんじゃないか。私は私なりに、羽生さんとうまくやってきた。確かに仙台では暴走してしまったが、結果的には何も起こらなかったではないか。なのに、どうしてこんなことを言われなければならない？　私はそこまでひどい人間なのか？

自問自答すればするほど、炎の色が赤から青に移り変わるように、抑えつけていた感情がその温度を上げていった。

「確かに、お互い研究が忙しくて、最近あんまり会えてなくて、そのせいで私が寂しそうにしてるように見えたかもしれないですけど、私の気持ちは変わってないですから。私は彼氏のこと、心の底から愛してるんです」

アイシテル。

古今東西、ドラマや映画やマンガやアニメで使い倒されてきた、陳腐にも崇高にも思えるその五文字が、ギリギリのところで踏みとどまっていた私の理性を粉微塵《こなみじん》にした。

「へえ、そうなんだ」

私はゆっくり振り返り、羽生さんを睨《にら》み付けた。彼女は三重のまぶたの目を見開き、私の視線を受け止めた。

そして私は、決して言うべきではなかった、決定的な言葉を口にした。

「そんなに彼氏が好きなら、どうして俺とキスしたんだよ」

羽生さんの表情が凍りついた。

「なんで、そんなこと言うんですか……」

彼女は眉根を寄せ、首を横に振った。止まっていた涙が、再び羽生さんの頬を濡らし始めた。

「なんで？　知らないよ。俺だって言いたくないよ、こんなこと！」

私は捨て台詞を残し、非常口のドアを開けて建物の中に戻った。

とてもじゃないが、実験をする気にはなれなかった。私は実験室の前を素通りし、階段で屋上に向かった。

鉄扉を開けて外に出ると、晩秋の冷たい風が私の前髪をからかうように揺らした。

「……あれ、森くん？」

屋上には先客がいた。真野さんだった。彼女は白衣姿で、コンクリートの縁に両手を載せていた。

「どうしたんですか？」

私は「うん、ちょっとね」と言って、彼女と同じように屋上の端まで進んだ。真下にはグラウンド、その向こうにテニスコートや野球場のフェンスが見えた。沈んでいく夕日は見当たらず、西の空の果てがぼんやりと朱色に染まっているだけだった。

私はコンクリートに額を押し付け、体内で蠢《うごめ》いていたあらゆる感情を込めた吐息を落とした。

「何か……あったんですか？」

「いや、別に」私はすぐに顔を上げた。「真野さんは、どうしてここに？」

彼女は私から目を逸らし、履いているサンダルの先をじっと見た。

「……実験で失敗をしてしまって。気分転換です」

そっか、と私は呟き、暗さを増していく遠景に目を戻した。真野さんは動こうとしなかったが、私は誰かと話ができるような精神状態ではなかった。

私の放つ負の気配を察知したのか、真野さんはやがて、「……それでは、私はこれで」と言って、屋上を出ていった。

一人きりになった私は、結局、一時間ほどそこでぼんやりしていた。完全に夜になる頃には、私の体は冷え切っていた。

重い足を引きずるようにして実験室に戻ると、羽生さんはすでに帰宅していた。

阿久津が私に駆け寄ってきて、「何かあったの？　羽生さん、目が真っ赤だったけど」と訊いてきたが、私は卑怯《ひきょう》にも、「さあ？」と首をかしげただけだった。

その時に私が彼にすべてを打ち明けていれば、その後の展開は、多少は違ったものになっていたかもしれない。もちろん、いまさら言っても仕方のないことだ。

2

羽生さんが大学を休みがちになったのは、十二月に入ってからだった。

新たなルートを助教授と共に作り上げ、再度合成にチャレンジした直後は、平日も土日もなく、羽生さんは終電間際まで熱心に実験をしていた。

しかし、連続登校が十日を超えた頃、何の前触れもなく、羽生さんは大学を休んだ。「ちょっと熱があるので」と研究室に電話をかけてきたのは、彼女自身だった。

その翌日は普通の時間に研究室にやってきて、いつもと同じように夜遅くまで熱心に実験をしていたが、翌々日は発熱のせいでまた休んだ。風邪が治りきっていないのに無理をしたのだろうと判断し、スタッフも学生も、特に疑いを持つことはなかった。

だが、一日来ては一日休む、のパターンはその後も続き、さすがに一週間も経つ頃には、何かがおかしいと誰もが察し始めた。

助教授が「体調は大丈夫なの？」と羽生さんに尋ねるのを、私は何度も聞いた。その問いに対し、羽生さんは決まって「大丈夫です」と答えていた。

大丈夫ではなかった。

羽生さんが大学に来る頻度は、一日おきから二日おきになり、休む連絡も、電話からメールになった。さすがに傍観はできぬと、教授が直接、羽生さんの母親に相談をしたようだが、事態は好転することはなかった。

思いもよらぬ状況に、研究室のメンバーは動揺していた。木下から、「僕に何かできることはないでしょうか」と何回も訊かれたが、「そっとしておくしかないよ、今は」としか答えられなかった。

羽生さんの精神的な不調の理由を、何か一つに求めることは難しい。

研究が難航していたこと。助教授から厳しい言葉を投げ掛けられ続けたこと。研究者として、困難な課題から逃げてはいけないという思いが強すぎたこと。タカナシと会う回数が減ったこと。それらすべてが彼女の心を蝕《むしば》んでいたのだと思う。

そして、あの日の私との問答も、おそらく羽生さんにストレスを与えただろう。私はそれを認めないわけにはいかない。

あのあとも、羽生さんは私と普通に会話を交わしていたが、話題は天気か実験のことだけだったし、彼女のあの素晴らしい笑顔が私に向けられることは一度もなかった。私と羽生さんの間には、水族館の分厚いアクリルガラスのような、透明で硬い壁が生まれていた。

「……ちょっと、研究室でトラブルが起きてさ」

十二月半ばのある日の午後十時過ぎ。私は誰もいなくなった実験室で、雪宮と電話をしていた。

エアコンの吹き出し口の真下に陣取り、温風を背中から浴びながら、私は羽生さんの不登校状態について説明した。ただし、私と彼女の間に起きた諸々《もろもろ》は伏せて、「後輩の女の子が」という体《てい》で話をした。

「そうなんだ、大変だね……」雪宮の声には実感がこもっていた。「私のところでも、似たようなことがあったんだ」

雪宮の研究室にも休学している学生がいた。人間関係のいざこざが原因だったようで、「夏ごろから一度も顔を見せていない」と雪宮は語った。

この手の話を聞くことは少なくない。いや、個人的な感覚からすると、むしろ多すぎる。研究室が十あれば、そのうち七か八で似たような問題が生じているのではないかとさえ思う。来る日も来る日も実験に明け暮れる生活は、うまくいっているうちは楽しくて仕方ないが、つまずき始めると一転して苦痛以外の何物でもなくなる。研究に挫折は付き物だ。心を病む学生が出るのは必然と言っていい。無論、それが当たり前になっている現状を肯定するつもりはないが。

「……何もしてあげられないよね、こういう時」

「下手に関わらない方がいいと思うな、私は。だって、教授とか助教授とか、研究の現場に長くいる人たちが手を焼いてるんだよ。残酷な言い方かもしれないけど、できることとできないことはあるよ」

「うん、そうだな……」

「——それはそうとしてさ」沈んでいた雪宮の声に、急に華やいだ気配が混ざった。

「森くん、年末はどうするつもり？」

「実家に帰ってのんびりしようかと思ってるけど……」

「そうなんだ。もしよかったら、どこかで会おうよ。いつから帰るの？」

「まだ決めてないけど、研究はもう一段落してるから、申請すればどの日からでもＯＫだと思うよ」

「じゃあ、二十五日とかでも大丈夫？」

どきり、と心臓が跳ねた。

クリスマスである。恋人ども——いや、恋人たちの祭典の日に、雪宮は会いたいと言っているのだ。

「分かった」と私は言った。断るのは相手に悪い気がしたし、羽生さんとの間に起きた、あの忌々《いまいま》しい諍《いさか》いを一刻も早く忘れたかった。

「もしよかったら、大阪で会わない？」

「東京と福岡の中間くらいだし、本場のお好み焼きを食べてみたいって前から思ってたんだ」

「大阪？　なんで？」

雪宮の中ではすっかり当日のプランができているらしかった。私はあまり深く考えずに、「じゃあそうしようか」と承知した。

電話を切り、ふと思い出して、私はホワイトボードの前に立った。その年の夏に雪宮が描いた〈ガンバレ！〉は、かなり薄くなっていたが、まだ残っていた。

「……プレッシャーになったのかな、これも」

私はため息をつき、そのメッセージを指でこすって消した。

こうして思い返してみると、雪宮と会うことに、私はあまり乗り気ではなかったのかもしれないという気がしてくる。やけくそと言ってしまうと極端すぎるが、必要以上に気負う必要はない、なるようになるさ、という気楽さがあったのは間違いない。少なくとも、夏と違い、冬用の勝負服を準備したりはしなかった。

私は十二月二十四日に帰省した。クリスマスプレゼントを買っていないことに気づいたのは、実家に着いたあとだった。

一万円前後のアクセサリーを贈るのが常識的な線だというのは、私も分かっていた。

ただ、実家の近くには宝石店の類はなかった。イヤリングやネックレスを大きな街まで探しに出かけるのは面倒だったので、私はさして品揃えのよくないスーパーに自転車で行き、少ない選択肢の中から、雪の結晶の模様が描かれたブックカバーを買った。

そしていよいよ二十五日。私はＪＲを乗り継いで、二時間掛けて大阪にやってきた。大阪は私にとっては馴染みのない場所だった。小学校の時の修学旅行で訪れた程度で、土地勘がまるでなかった。それなのに、私は地図もガイドブックも持ってきていなかった。ゆえに、私がＪＲ大阪駅で迷ったのは必然だった。

中央口改札を出たところで待ち合わせと決めていたのだが、どうやら違う改札から出てしまったらしく、どこがどこなのか全然分からなくなってしまった。クリスマスだけあって、平日の午前中であるにもかかわらず、駅は混雑していた。まったく見通しが利かず、駅員を捕まえようにもどこに行けばいいのか分からなかった。

十一時半の待ち合わせ時刻が迫っていた。まずいな、と焦り始めたところで、携帯電話に雪宮から着信があった。

「もう着いてるけど、どこ？」

その声は微かに苛立っているように聞こえた。私は「駅の中にはいるんだけど」と言い訳してから、道に迷ってしまったことを正直に告げた。

「……分かった。うろうろせずに待ってるから」

雪宮はそう言って電話を切った。彼女の声の調子から、「早く来てよ」という、無言のプレッシャーを感じた。とはいえ、焦ると余計に迷うことは、経験上よく分かっていた。私は駅構内の案内表示をこまめに確認しつつ、慎重かつ急ぎ足で雑踏の中を進んでいった。

ようやく中央口改札が見えてきた時には、電話から十五分ほどが経っていた。

幸い、雪宮はすぐに見つかった。彼女はその年の二月に東京で会った時と同じ、赤いダッフルコートを着ていた。

「……ごめん、遅くなって」

雪宮はじろりと私を見て、「じゃ、行こうか」と歩き出した。女心を解する技術に段位があるとすれば、私はたぶん白帯を腰に巻いたぺーぺーの初心者に該当すると思うが、そんな私でも、雪宮が怒っていることはすぐに分かった。

「行こうと思ってたお店、すごく人気なんだって」阪急方面に向かう横断歩道で信号待ちをしながら、雪宮は私の方を見ずに言った。「ひょっとしたら、入れないかも」

彼女は携帯電話を取り出し、時刻を確認した。ありゃ、と私は思った。彼女は、私が夏に贈った腕時計を着けていなかった。

信号が変わり、人の波に乗って我々も歩き出した。

まっすぐ進み、えらく通路の狭い食堂街に入っていくと、立ち止まっている人の背中が見えてきた。行列ができていた。

「ああ、やっぱり」と隣で雪宮が呟いた。行列はかなり長く、十メートルほど先の、曲がり角の向こうにまで伸びていた。最後尾には待ち時間の目安を記した立て看板が置かれていて、〈現在五十分待ち〉とのことだった。

「……どうしようか」

「私はどっちでも」と投げやりな口調で雪宮は言った。「森くんはどうしたいの」

「えっと、立って待つのも大変だし、別のところに入ろうか」と私は提案した。通路には、椅子やベンチは置かれていなかった。

「……そう。いいよ。じゃ、森くんが店を決めて」

ぴりぴりとした緊張感と共に通路を戻り、最初に目についたお好み焼き屋に入った。そこはカウンターだけの小さな店で、昼時なのにやけにすいていた。

我々は定番の豚玉を注文した。目の前の鉄板で焼かれたお好み焼きは、○ではなく、むしろ☆に近い形をしていた。嫌な予感がした。

「……じゃ、いただこうか」

お好み焼きをヘラで切り、割り箸に持ち替えて口に運んだ。最初に感じたのは、強すぎる酸味だった。ソースだけを舐めてみると、異様に酸っぱかった。店主が独自に配合したオリジナルソースらしかった。

私と雪宮は無言になった。店がガラガラだったのには、それなりの理由があったのだ。黙ったままクソまずいお好み焼きを凝視していると、ふいに雪宮が席を立った。その目が、「もう行こう」と言っていた。私は慌ててレジへと向かった。せめてもの罪滅ぼしにと雪宮の分も払ったが、そんなことで失敗が取り返せるわけもなかった。彼女は明らかに腹を立てていた。

「で、これからどうするの」

店を出てすぐ、そう訊かれた。私は頭を掻いた。まったくのノープランだった。気の利いた提案をしなければならない、と感じていた。咄嗟《とっさ》に出てきたのは、「映画とか、ボウリングとか」の二択だった。

「別にどっちでも構わないけど、どこに行けばいいの?」

「え、分からない……」都会だからその程度の娯楽はあるだろうと踏んで言っただけだった。「本屋で調べようか」

「本屋さんの場所は?」

「……大きな駅だから、適当に歩けば見つかるんじゃないかな」

はあ、と雪宮は深いため息をついた。

「分かった。じゃあ、そうする」

すたすたと歩き出した彼女は、かなりの早足だった。歩くのが速いと言われる大阪の人々より明らかに速かった。通行人にぶつからないように付いていくのに精一杯で、「そっちに何があるの？」と尋ねる余裕はなかった。

しばらく通路を進んでいくと、紀伊國屋書店が見えてきた。これは好都合、探す手間が省けたと私は喜んだが、その時点で察するべきだった。雪宮は書店の場所を下調べしていたのだ。

書店内は広く、客も多かった。大阪駅周辺の地図を探すつもりだったが、どの棚を見ればいいのかも分からず、我々は無駄に通路をうろつく羽目になった。

必死で周囲を見ながら歩くこと十分あまり。ようやくガイドブック関連の棚を見つけたところで、後ろにいたはずの雪宮が消えていることに私は気づいた。

「え、あれ……」

立ち止まってきょろきょろしていると、隣の本棚の陰から雪宮が姿を見せた。私が手を挙げると、彼女はひどく険しい顔つきでゆっくりと近づいてきた。

「今、研究室から電話があって」

「ん？　あ、うん」急に何の話だ？　と私は訝しんだ。「なんて？」

「今度投稿する論文に、不備が見つかったんだって。今日中にデータを取り直す必要があるから、戻って来いって……」

「え、戻るって……福岡に？」

驚きと共に尋ねると、雪宮は口をぎゅっと真一文字に結んで頷いた。

「ごめん、せっかく大阪まで来てくれたのに」

「いや、それはお互い様だから。とりあえず駅まで一緒に行こうよ。新幹線だよね」

ありがとう。雪宮は感情のこもっていない礼を口にし、私を追い越して出入口へと向かった。

私はそこで、リュックサックの中のプレゼントのことを思い出した。いま渡さねば。

私は書店を出たところで雪宮を呼び止めた。

「これ、忘れないうちに渡しておくよ。クリスマスプレゼント」

赤い紙袋を見た瞬間、雪宮の表情が少しだけ明るくなった。

「開けてみてもいい？」

多少ホッとしながら、「もちろん」と私は頷いた。

封を剝がして紙袋を開け、中身を取り出し、雪宮は眉根を寄せた。

「……なにこれ？」

「ブックカバーだけど」

「……私、そんなに本読まないけど」

「あ、そうだったっけ……」

雪宮は私のプレゼントをカバンに仕舞い、代わりに黄緑色の紙袋を出してきた。「はい」と手渡されたので開けてみると、中には白いイヤホンが入っていた。

「音楽好きって言ってたから」

贈られたものが、千五百円くらいの安物であることは見てすぐ分かった。間の悪いことに、私は一週間ほど前に、五千円以上するイヤホンを買っていた。

私は礼を口にしたが、たぶん、うまく笑えなかったのだと思う。「欲しくなかったの？」と雪宮は真顔で言った。

「いや、そんなことはないけど……嬉しいよ」

「嘘だ。全然嬉しそうじゃない」

「……そう見えたんなら、ごめん。謝るよ」

「……もういいよ、別に」

私と雪宮の間に、重くて冷たい沈黙が流れた。

先に動き出したのは、雪宮だった。

私は彼女の後ろをついて、ＪＲ大阪駅まで歩いた。その間、我々はずっと無言だった。

その日の午後九時過ぎになって、雪宮から携帯電話に着信があった。

私は実家に戻っていた。親もいる居間から自室に向かい、電話に出た。

「……ごめんね、急に帰っちゃって」

挨拶も抜きに、雪宮は謝罪の言葉を口にした。そこで初めて、急用うんぬんはひょっとしたら早く帰りたいがための方便だったのかもしれないな、と私は思った。

「いや、いいんだ。大丈夫だった？」

うん、と答えたきり、雪宮は黙り込んでしまった。嵐の前の静けさ、という言葉が脳裏をよぎり、冷たい汗が私の脇腹をつうっと流れ落ちた。

「どうして、何も言ってくれなかったの？」

沈黙のあと、雪宮は真剣な調子でそう訊いた。

羽生さんのことを言っているのか？　なぜ、彼女のことがバレたのだ。そんな焦りから、「ええっと、『何も』って、どういう意味？」と私は聞き返した。

「……今日、クリスマスだったんだよ。そんな日に会ったんだから、私がどんなつもりでいたか、分かるでしょ」

あ、そっちか、と思って、私は安堵した。

「ねえ。森くんは私のこと、どう思ってるの？」

雪宮は畳《たた》みかけるように言った。

「それは、喋りやすいし、気も合うなって、そう思ってるけど……」

ちょっと違うな、ズレてるぞ、と思いながら、私はそんな答えを口にした。

「ふざけないでよ！」怒鳴られた瞬間、ぴいんと背筋が伸びた。「そんなこと訊いてるんじゃないから！」

「……ごめん」

「謝らなくていいから。ねえ、ちゃんと答えてよ。森くんは私のこと、好きなの？」

「あ、えっと、それは……」

言い淀《よど》んだのは、一秒か二秒くらいのことだった。だが、それは致命的な間だった。

雪宮は、肺をからっぽにするような深い吐息を落として、「もういいよ」と呟いた。

あ、終わったな、と私は思ったが、終わらないでほしいとは思わなかった。

「じゃあね」と雪宮が言った。私は「おやすみ」と返し、電話を切った。

その後、新年になっても、雪宮は電話どころかメール一つ送ってこようとはしなかった。また、私も自分から雪宮に連絡を取ることはなかった。

3

年末年始の休暇を挟んだのが、悪い方向に働いた。とうとう、羽生さんは年明けから、まったく研究室に顔を見せなくなってしまった。

教授や助教授はあれこれと手を尽くし、なんとか羽生さんを研究室に復帰させようとしていたが、少なくとも私の知る範囲では、状況が好転する気配はなかった。

その頃、私はもう実験はしておらず、修士論文の執筆に掛かりっきりになっていた。文章と図表を合わせると、Ａ４判で軽く五十枚は超える大作になる。来る日も来る日も、朝から晩までノートパソコンと向き合う日々は、羽生さんの不在から目を逸らす逃避術としてはもってこいであった。

そんな状況に納得していない男がいた。阿久津だ。彼は研究室の誰よりも、羽生さんが大学に来なくなったことに心を痛めていた。

だから、二月に入ってすぐ、彼が「羽生さんに手紙を書かない？」と持ち掛けてきた時、私はさして驚きはしなかった。

私は実験データを整理する手を止め、彼と向き合った。

「手紙って、どういう？」

「具体的な内容まではまだ考えていないけど、羽生さんがいないと寂しい、ってことを素直に伝えようかと思ってる。オレだけじゃなくて、研究室のメンバー、全員に書いてもらいたいんだよ。ちゃんと便箋に手書きでさ」

「……大丈夫かな。こんなに心配してますよ、ってアピールしたら、研究室に来づらくなるんじゃない？」

「悪い影響が出るリスクはあるよ、確かに」阿久津は眉間にしわを寄せた。「ただ、小学校の時は、この手でうまくいった」

聞けば、水泳の授業をさぼったことをきっかけに不登校になったクラスメイトのために、クラス全員で手紙を書いたことがあったのだという。一回ではうまくいかなかったが、二回、三回と繰り返した結果、その生徒はちゃんと学校に来るようになったらしい。

その話を聞き、「……うーん」と私は腕を組んで唸った。小学生で成功したからと言って、大学院生に通じるとは思えなかった。

「気が進まない？」

「やってみてもいいかなとは思うけど、失敗した時のことがね、気になる」

「そっか……」

阿久津は羽生さんの席に座り、縮れ毛の髪をぐしゃぐしゃと掻きむしった。

彼は四月から博士課程に進み、新たな研究テーマに取り組むことになっていた。それを機に、ずっと続いていた、天然物合成科学研究室での作業は終わる。その前に羽生さんを説得したい、と焦る気持ちがあったのだろう。

「あのさ、もし俺が断っても書く？」と私が尋ねると、「書こうと思う」と、阿久津は真顔で頷いた。

「なら、遠慮するよ。俺、たぶん嫌われてるから、逆効果だと思うんだ」

「嫌われてる？」

「時々、メールを出すけど返事がない」と私は肩をすくめた。それは事実だった。

「……なんでだろう？　ずっと森くんとは仲良かったじゃない、羽生さん」

「よく分からないけど、そんなこと訊けないから。しょうがないね」

本当は原因に心当たりはあったが、それを誰かに伝えるつもりはなかった。言ったところでどうにもならないし、責任を問われるのも嫌だった。

その頃、私は羽生さんに対して、多少なりともサディスティックな感情を抱いていた。それは、好きな子に意地悪をしたいなどという、可愛げのあるものではなかった。彼女が自分の気持ちに応えてくれなかったことに腹を立てていただけだった。堕《お》ちるところまで堕ちてしまえ、もっと不幸になってしまえ、と望んでさえいた気がする。

理系だからとか、オタクだからとか、女性経験がどうとか、そんなことは関係ない。私は、卑怯な一人の人間であった。


私以外のメンバーは、手紙を出すことに賛同した。他の研究室の所属だが、金田さんも手紙を書いたそうだ。

おそらくは色とりどりの封筒に収められたであろう、十数通のその手紙に、何が書かれていたのかは分からない。きっと、羽生さんの心に響く言葉が綴《つづ》られていたのだろう。

効果はあった。二月の半ばに、羽生さんは二〇〇三年になって初めて研究室にやってきた。彼女は明らかに痩せており、髪を明るめの茶色に染め、眼鏡を新調していた。

最初の数日は熱が出たり、ということもあったようだが、翌週からは羽生さんは毎日きちんと大学に来るようになった。指導教員は助教授から教授に代わり、テーマも一新して、大きく難易度を下げた合成研究に挑むことになった。

実験を再開した羽生さんは、この数カ月の落ち込みが嘘のように明るかった。笑顔も元通りになり、私とも普通に会話するようになっていた。「おはよう」と言えば「おはようございます」と返ってきた。その年の一月からスタートしたアニメの話をすれば、「見てはいないんですけど、面白そうですね」と笑って応じてくれた。

表情も振る舞いも、羽生さんはすっかり以前の彼女を取り戻していた。

ただ、それは見せかけの復活だったと私は考えている。彼女は望んで研究室に復帰したのではなく、周囲からの期待に対する義務感に引っ張られるようにして、以前の自分を演じていたのではないかと思う。

心の怪我の具合を推し量る方法はないが、羽生さんの精神の一部はきっと、まだ壊れたままだったのだ。私はそう思わずにはいられない。

4

修士論文は期日までに完成し、教授陣による審査を経て、私は無事に修士課程を修了した。

修了式は、二〇〇三年の三月二十八日に執り行われた。式次第はシンプルだった。農学部長が全員の名前を読み上げ、卒業証書を渡し、簡単なスピーチをするだけ。一時間も掛からずに式は終わった。

あっけないものだな、と席を立とうとして、「お疲れさまー」と金田さんに声を掛けられた。その隣には真野さんの姿もあった。金田さんは就職に合わせて髪を黒く染めており、ぴしっとした黒のスーツを着ていた。一方の真野さんは、白地に見事な桜模様が描かれた小振袖と紫紺の袴《はかま》という装いだった。

「わ、すごいね。本格的」

思わず褒めると、真野さんは「親がどうしてもって言うので」と恥ずかしそうにうつむいた。良家のお嬢様ならではの決まり事があったのだろう。

「森くんは、いつ東京を離れるの？」

「明日だよ。午前中に引っ越しの業者の人が来ることになってる。もう、ほとんどのものは段ボールに詰めちゃってるから、すぐ終わると思う。金田さんは？」

「私はいま住んでるマンションから会社に通うから。何も変わらないよ」

「あ、そうか。会社は横浜だっけ。真野さんは？」

「私も明日、マンションを引き払います」と真野さんが襟元を直しながら言った。

「東京で過ごす、最後の夜ってことだね」と笑って、金田さんが我々を交互に見た。

最後と言われても全然ピンと来なかったが、学部時代を合わせると、私は六年を東京で過ごしたことになる。最初の四年間は、岩の下に棲むダンゴムシのごとき、起伏も何もない無機質な生活を送っていたのに、後ろの二年はひどく波乱に満ちた日々になってしまった。すべては、羽生さんに恋をしたことから始まったのだ。

片思いの常ではあるが、楽しいことより辛いことの方が圧倒的に多かった。私はリアルな恋愛の有様を知って打ちひしがれ、それに憧れては叩きのめされ、望みは一つも叶えられず、敗者として東京を去ることになった。

やり方によっては、タカナシから羽生さんを奪い去ることができただろうか。あるいは、西岡さんのように、性の世界を垣間見ることができただろうか。

「俺ならできたね、簡単に」と言う人もいるだろう。だが、私にはできなかった。

片思いを東京に置き去りにして、私は研究室を巣立つつもりだった。逃避。いつでも、私の行動の根底にはそれがあった。

「今日の夜、農学部の食堂でお別れパーティをやるんだって。森くんは参加するの？」

金田さんに訊かれ、私は首を横に振った。

「いや、俺は研究室の送別会があるから」

「そっか。そういえば、木下くんが言ってたっけ。残念だなあ。森くんとじっくり話をしたかったのに」

「連絡ならいつでも取れるよ」と私は携帯電話をポケットから取り出した。「もし名古屋に来ることがあったら、声を掛けてよ」

「そうだね。そうする。真野ちゃんも、森くんと連絡先の交換したら？」

「え、私は、その……」

真野さんはすっと目を逸らし、消え入りそうな声で「いいですか？」と言った。

「いいよ、もちろん」

真野さんと携帯電話のメールアドレスを交換し、私は二人と別れた。

卒業式会場をあとにする時、同級生のほとんどとは、たぶん二度と会うことはないだろうなと思ったが、特に寂しさは感じなかった。感慨を覚えるほどの心の余裕がなかったと言ってもいい。

その時、私の意識は今夜の送別会の方に向いていた。

羽生さんとどうさよならするか。数日前から、私はそのことばかりを考えていた。


送別会は根津の〈喰いもん屋〉ではなく、大学から本郷三丁目駅方面にしばらく歩いたところにある、〈花柳〉で行われた。前年の五月に、金田さんと木下と三人で訪れた店だ。

店は貸切だった。主賓の私には席を選ぶ自由があったが、私はあえて、羽生さんから離れたテーブルに腰を下ろした。それが、私なりの訣別の意志の表れだった。

送別会が始まった時、私の隣には、例のごとく、阿久津と西岡さんがいた。

突き出しのポテトサラダをつまみにビールを飲み、「この三人で酒を飲むのも、ひょっとしたらこれで最後かもしれないなあ」と阿久津がしんみりと言った。

「四月からは、野球の話もできなくなるのかねえ」西岡さんまでもが、やけにセンチメンタルなことを口走った。「巨人ファンがいなくなると困るな。けなせなくなる」

「羽生さんがいるじゃないですか」

私がそう言うと、西岡さんは「詳しさが全然違うから」と首を振った。「はに丸さんには、彼氏から教えられた知識しかないもん」

「え？」きりり、と胃が痛んだ。「彼氏って……」

「はに丸さん、ずっと前から付き合ってる、タカナシとかいう彼氏がいるんでしょ。同い歳の。この間、実験室でそいつの話をしてたよ。なんとなく相手がいるだろうなって思ってたけど、いきなりオープンにしたから驚いたね」

「そうそう、なんか、自慢したくて仕方ないって感じで」阿久津がこくこくと頷いた。

「吹っ切れたんじゃないかな、いろいろと」

そっか、と呟き、私はグラスのビールを飲んだ。なぜ、羽生さんは急に彼氏のことを言いふらしたのだろう。経緯は分からなかったが、共通の思い出を汚されたような気がして、私は不快な気分になった。

羽生さんの様子を窺うと、彼女は助手のおばさんと木下の間に座っていた。ずいぶん盛り上がっているようだ。木下の方を向いて、大きな口を開けて笑っていた。

「そういえば、雪宮さんとはどうなったの」

阿久津が私の肩を掴み、口づけせんばかりに顔を頬に寄せてきた。

「近いんだよ、もう」と突き放し、「どうもこうも、特に何もないよ」と私は答えた。

「夏に会って、そのあとは？」

「年末に、一回会った」水臭いなと言われそうな気がして、クリスマスにデートした、と正直に伝えるのは憚られた。「でも、それだけだよ」

「誰なの、雪宮って？」

今度は、西岡さんが逆サイドから私の腕を引っ張った。

「ただの友達です。高校の時の同級生」

「その説明はどうだろうなあ」阿久津が余計な茶々を入れてきた。「いわゆるあれじゃないかな、友達以上恋人未満」

「おっと、それは聞き捨てなりませんな」と西岡さん。かつて川藤さんのことでいじられたのを根に持っていたのか、嬉しそうにニヤニヤしていた。「森丸さんよ、正直に言ってしまいなさいよ。え、ほら。そうすれば楽になるからさ」

　彼らと会うのも今日で最後かもしれない。私は面倒臭くなり、「好きかって訊かれて、即答できなかったら、向こうが怒っちゃって、それでジ・エンドですよ」と結末だけを二人に伝えた。

「終わったの？」阿久津は目を丸くしていた。「ホントに？」

「年明け以降、一回も電話してないよ。修復は困難だね」

　私は冗談めかして言ったのだが、阿久津はショックを受けたらしい。「嘘だよ……絶対うまくいくと思ったのに」と、眉毛を八の字にしながらテーブルを指でなぞっていた。

「まあ、終わったものはしょうがないですな！」西岡さんが私の背中をばしばしと叩いた。「切り替えて次に行くといいよ、森丸くん。名古屋で新しい出会いを見つけてくれたまえ」

　偉そうに言いやがって、とは思わなかった。彼は恋愛に関して、曲がりなりにも成果を挙げていた。

　現実から逃げなかった彼と、逃げた私。その差は大きい。

「そうっすね、頑張ります」と私は半笑いで答えた。それしか言えなかった。

　送別会は午後九時にお開きになり、我々はばらばらと店を出た。その日は、夜遅くから雨になるという予報が出ていた。三月にしては妙に気温が高く、生温い風が頬を撫でていく感触が不気味だった。

いつものように、教授がタクシーで帰宅の途についた。それを見送って、ぞろぞろと大学方面に歩き出した時、「二次会に行きましょうよお」と木下が私に後ろから抱き付いてきた。彼は久々に泥酔していた。

「ちょっと、暑苦しいよ」と苦笑しながら押し返すと、木下はよろけた勢いで後ろにいた羽生さんにぶつかった。羽生さんは笑顔で木下を支え、「危ないよ、木下くん」と優しく声を掛けた。その距離の近さに、私の嫉妬心がちくりと疼《うず》いた。

まだ引きずってるのか、俺は。私は自分の弱さにうんざりし、二人に背を向けた。

そのまま歩き出そうとした私の服の裾を、誰かが摑んだ。振り返ると、笑顔の羽生さんがすぐ目の前にいた。

「森さん、帰っちゃうんですか？」

「うん、明日、早いから」

私は翌日のことを言い訳にした。一刻も早く、未練を断ち切らねばならない。ずるずると羽生さんの近くにいたら、いつまで経っても前に進めなくなってしまう。私はそう思っていた。

「えー、そんなあ」

羽生さんが私の手を握った。その温かさ、柔らかさが、私の記憶を刺激した。私は二年前の研究室旅行の夜を思い出した。

この日の羽生さんは、私が見た中で一番酔っていた。アルコールの匂いに混じって、得体の知れない色気を放っていた。今なら、どんな下劣な要求にも応えてくれそうな、そんな退廃的な雰囲気があった。

だが、私はそれでも首を縦に振らなかった。羽生さんに近づけば近づくほど、私は傷つくことになる。そのことに、私はようやく気づいたのだった。

「ごめん、やっぱり帰るよ」

私はそっと彼女の手をほどき、ふと思いついて、改めて握手を交わした。

「二年間、ありがとう。いろいろ迷惑を掛けちゃったね」

「そんなこと……大学院に合格できたのは、森さんのおかげだと思ってますから」

羽生さんは涙ぐんでいた。唇を震わせ、すんすんと洟《はなみず》をすする彼女は、正直に言えばブサイクな顔になってしまっていたが、それまでに出会った女性の誰よりも魅力的に見えた。彼女が裸眼だったとしても、やはり私はときめいていただろう。

本当は、最後に強く抱き締めたかった。だが、私はそれをかろうじてこらえ、「これからも頑張って」と握った手を離した。

「はい、森さんも」

眼鏡を外し、羽生さんが目尻に浮かんだ涙を拭った。

すでに、研究室の他のメンバーは二次会の店を探し始めていた。じゃあ、と手を挙げ、私はその場を離れた。

本郷通りを、ひっきりなしに車が行き交っていた。送別会帰りだろうか、互いに肩を組んで、仰げば尊しを大声で歌う二人組がいた。携帯電話を耳に当て、深刻な顔でぼそぼそと喋っている、中年の女性とすれ違った。通りの反対側では、コンビニエンスストアの前で、高校生と思しき男子が煙草《たばこ》を吸っていた。私は一度も振り返らなかった。

自宅に帰ってシャワーを浴びてから、私は段ボールに囲まれた布団に横になった。

恋は終わったんだな、と思った。寂しさはあったが、清々しさの方が強かった。今すぐには無理でも、何年か経てば、きっとこの辛い恋のことを忘れられる。私はそう信じようとしていた。ひょっとしたら、新しい出会いが私の傷を癒してくれるかもしれない。そんな甘い期待も抱いたりした。

東京で過ごす、最後の夜は静かに更けていった。

修士課程の二年間のことを思い起こしながら、私は眠りについた。

5

翌日は、予報通り朝から雨となった。

引っ越しにふさわしくない天候の中、私はこまごまとした荷物の整理を進め、時間をかけて丁寧に部屋の掃除をした。

午前十時過ぎに引っ越し業者がやってきて、段ボールや家具をテキパキとトラックに積み込んでいった。アニメ以外に趣味のない男の荷物など、たかが知れている。わずか一時間ほどで、狭いキッチンが付いた六畳一間は空っぽになった。

大家による最終チェックを済ませ、正午を少し過ぎた頃、私は大学四年から住んでいたアパートを出た。

見慣れた近所の景色を目に焼き付けながら、最寄駅までゆっくり歩いた。雨はしつこく降っていたが、私は晴れやかな気分だった。不器用すぎたキャンパスライフを愛《いと》しく思えるほどの、心の余裕があった。

東京駅から新幹線で名古屋へ行き、そこでローカル線に乗り換えて、引っ越し先に直接向かうつもりだった。

予定通りの時刻に名古屋駅に到着し、私はリュックサックを背負ってホームに降りた。階段の方に足を踏み出したところで、ポケットの中で携帯電話が震えていることに気づいた。

もしかして、と淡い期待が芽生えた。羽生さんが最後の挨拶のために電話をくれたのではないかと、そう思ったのだ。

携帯電話を取り出してみて、おや、と私は首をひねった。画面に表示されていたのは、羽生さんではなく、金田さんの名前だった。なんだろうと訝しがりつつ、私はホームのベンチに腰を下ろした。

「もしもし?」

「あ、森くん? ごめんね、引っ越しで忙しいのに。電話、大丈夫?」

「うん。作業はもう終わったから。今、名古屋駅にいるんだ」

「そっか。ホント、急にごめん。でも、誰かに聞いてもらいたくて、それで、思い浮かんだのが森くんだったの。……昨日、送別会だったんだよね。二次会、出た?」

「いや、帰ったよ」

「そっか。……木下くんがね、今朝、私に会いに来たんだ」

「……うん」

「そしたらね、酔っぱらってただけなんだって、悪気はなかったんだって、そう言って、目の前で土下座するわけ。律儀に謝りに来てくれたのはいいけどさ、冷静でいられるわけないじゃない。初めてだよ、彼氏を蹴飛ばしたのは」

「………」

私は黙り込んだ。事情がまったく呑み込めないのに、手のひらから尋常でない量の汗が出ていた。

「いくら酔ってたからってさ、守るべきルールってものがあると思わない？　そりゃ、誘った方が悪いけど、ほいほい受け入れる方にだって責任はあるよ。私もう、腹が立って仕方なくて。こんなことになるなら、手紙なんて書くんじゃなかった」

「あの、さ……」

喉の奥から絞り出した声は、自分でもぎょっとするほどかすれていた。

私は唾を飲み込み、「何の話……なのかな」と尋ねた。体が小刻みに震えていた。そのせいで、声もビブラートが掛かったようになった。

「浮気だよ、浮気！　木下くん、昨日の夜、羽生さんとラブホに行ったんだよ」

ラブホ、の三文字は、一瞬でラブホテルに変換された。だが、そこから先を考えることができなかった。脳が、理解することを拒否していた。

「信じられないでしょ？　向こうだって彼氏がいるのに。やっぱり、一回おかしくなった人はダメだね。頭のネジが外れてるんだよ。あーもう、ホント腹立つ！　ねえ、森くん。森くんはどうしたらいいと思う？　広い心で木下くんを許すべきかな。それとも、すっぱり別れちゃった方がいいのかな」

わんわんと、金田さんの声が頭の中で反響していた。目の前は薄暗くなっていて、今にも意識が遠のきそうだった。

思考停止状態のまま、「あの、さ」と私は口を開いた。「……俺、羽生さんのこと、ずっと好きだったんだ」

「え？」

「好きな人の、そんな話は聞きたくない。悪いけど、もう切るよ」

私は金田さんの返答を待たずに電話を切った。そして、電源を落とし、震える指で、本体の後ろのバッテリーパックを引き抜いた。そうしなければ、また携帯電話が震え出しそうな気がして怖かった。

私は大きく息を吐き出し、膝の間に頭を埋めるように前屈《まえかが》みになった。目を閉じると、一度も見たことのない羽生さんの裸体が浮かんできた。私は昼に食べたうどんを吐きそうになり、慌てて口を押えた。

嘔吐《おうと》は抑えられても、妄想が暴走するのを止めることはできなかった。

ラブホテルに入った二人は、一緒にシャワーを浴びただろう。そのままベッドに向かい、抱き合って激しく舌を絡め合っただろう。お互いの体のあちこちを舐め合っただろう。愛撫《あいぶ》がひとしきり済んだら、羽生さんはベッドの上で大きく脚を開き、あの素晴らしい笑顔で木下を受け入れただろう。彼女は遠慮なく喘ぎ声を上げながら、快感に打ち震えただろう。木下が射精する瞬間の表情を見届けただろう。そして、同じベッドで、朝まで一緒に眠っただろう。

それはおそらく事実で、圧倒的なリアリティで私の心を切り刻んだ。体の内側で容赦なく炸裂した心痛は、本当の絶望がいかなるものかを私に理解させた。

その日、私の心は間違いなく、一度死んだ。

どのくらいの時間が経っただろう。私は新幹線の発車のベルで我に返った。

私は立ち上がり、よろよろと新幹線のホームを離れた。

予定の時刻までに、新居にたどり着かねばならない。頭の中は真っ白で、膝が震えてまともに歩けなかったが、とにかく移動しなければならないと思っていた。

引っ越し業者との約束がなければ、私はひょっとしたら、衝動的に線路に飛び込んでいたかもしれない。


その翌日、私は新居の近くにあったａｕショップに足を運び、携帯電話の機種を変え、電話番号とメールアドレスを新しくした。私は大学時代のすべてと訣別することで、精神の安定を図ろうとした。

やはりここでも、私の行動の根っこにあったのは逃避であった。

◆原作者より、本書をここまで読んでくださったあなたへ◆

　このパートを読んでいるということは、よほど奇特なひねくれ者でない限り、これまでの物語に目を通していただけたものと推察する。よくもまあ、これほど不器用で、痛くて救いのない話にお付き合いくださったものだと思う。その根気と忍耐強さに対し、原作者として、この場を借りてお礼を申し上げたい。本当に、本当にありがとう。森氏も「私」も、あなたの優しさに心から感謝する。

　前章にて、生涯消えないであろうトラウマを抱えた森氏の行く末について案じている方もいらっしゃるかと思う。二つばかりのエピソードを載せることでその不安に答えるつもりだが、絶望の淵《ふち》に立った彼を救ったのは、昔の知り合いでも、社会人になって新たに出会った人々でもなく、時間であった。辛い記憶を忘れていく機能が脳に備わっていることは、おそらく、神が人間に与えた救済の一つなのだろう。

　さて、もしかすると読者の皆様の中には、「私」が誰なのか、という問題について真剣に悩んでいる方もおられるかもしれない。

謎を解かずにはいられないという方々のために、推理の材料を提供したいと思う。

①「私」は複数人ではなく、ある特定の一人である。

②不確定要素が多すぎるため、「私」を誰かに限定することは困難である。よって、最も蓋然性の高い人物を論理的に指名するだけで充分である。

③推理には、本書に書かれている情報のみを用いる。

④本作では叙述トリックは使われていない。

「私」からのコメントは以上である。

興醒めな語りはもう充分であろう。「私」の正体はまもなく明らかになる。そして、読者の皆様は、「私」がいかに意気地なしであったかを知ることになるであろう。

エピローグ

二〇〇三年、四月。私は名古屋にある、某化学メーカーの研究所で働き始めた。

仕事の中身は、テーマに沿った新しい化学物質の合成であり、反応の種類や扱う試薬は異なるが、本質的には、やることは大学時代と何も変わらなかった。フラスコに試薬を量り取り、物質に化学的な変化を施し、様々な試験で化学構造を確認する。その作業が業務の中心であった。

化学の進歩はめまぐるしい。毎週新しい論文が発表され、有用な化学反応が次々に報告される。化学メーカーで研究職を続けるためには、最新の知識をインプットし続けることが重要となる。だから、私は常に新着論文のチェックを怠らなかった。実力のある研究者がこぞって投稿するようなメジャーな科学誌はもちろん、学部生や修士課程の学生がやるような、初歩的な研究ばかりが掲載されたマイナーな科学誌も読んでいた。

だから、その論文を目にしたのは必然だったのだと思う。

二〇〇六年の十月頃だったと記憶している。

とある科学誌に、無名の海洋天然物の合成報告論文が掲載された。

論文の著者名を見た時、強い力で過去に引き戻されるような錯覚が起きた。

羽生さんの名前は、筆頭著者ではなく二番目に載っていた。ただし、彼女の苗字は「Ｈａｎｙｕ」ではなく、「Ｈａｎｙｕ－Ｔａｋａｎａｓｈｉ」になっていた。それは彼女が結婚し、苗字が変わったことを示していた。

私はあの日、名古屋駅で金田さんからの電話を受けて以降、大学時代の知り合いとはまったく連絡を取っていなかった。だから、西岡さんと川藤さんがどうなったのかも、阿久津の彼女が医者になったのかも、金田さんが木下を許したかどうかも、羽生さんがどんな大学院生活を送ったかも把握していない。ただ一つ分かっているのは、羽生さんがタカナシという男と結婚したことだけだ。相手は、彼女が「愛している」と言った、あのタカナシで間違いないだろう。

私が羽生さんに片思いし、しつこくアプローチしていたことや、羽生さんが酔った勢いで浮気してしまったことを、タカナシは知っていただろうか。もし知ってしまったとしても、彼なら広い心で許したのではないかと思う。羽生さんによって形作られた私の中のタカナシは、度量の大きい、優しい男だからだ。

ちなみに、それ以降、私は「Ｈａｎｙｕ－Ｔａｋａｎａｓｈｉ」の名が載った論文を目にしていない。博士課程に進み、その後も大学で研究を続けていれば、何報も論文を出しているはずなので、おそらく羽生さんはどこかで研究者の道を諦めたのではないかと思う。

いずれにせよ、羽生さんは大好きな相手と一緒になれたのだから、きっと幸せになったのだろう。

論文のチェックだけではなく、私は年に数回、国内で開かれる学会に顔を出すことにしていた。業務の参考にするためだが、気分転換の意味合いもあった。たまには研究所を離れ、日本のあちこちを旅するのも悪くはない。

研究者の世界は狭い。学会に行けば、顔見知りと偶然出くわすことも充分起こりうる。だから、彼女との再会もまた、必然だったのかもしれない。

二〇一二年の二月。私は京都で開かれた学会に参加した。その学会は、大学と企業の共同研究の成果に関するものだったが、期待に反してまるっきり面白くなかった。発表者が成果と胸を張るものは単なる努力の寄せ集めにすぎず、サイエンス的には何も成していないのとまったく等価であった。金と人的資産を浪費したという意味では、むしろ最初から研究をやらない方がましなくらいだった。

しかし、会社の出張で来ている以上、勝手に帰るわけにはいかない。あくびと居眠りを繰り返しながらなんとか昼休みを迎え、やれやれまだ午後もあるのか、と席を立ったところで、二列後ろの席にいた真野さんとバッチリ目が合った。

大学院を修了してから、丸九年が過ぎようとしていた。私も彼女も、すでに三十三歳になっていた。ただ、真野さんの見た目は、記憶の中の姿とほとんど同じだった。

「……真野さん、だよね。久しぶり」

「お久しぶりです」と真野さんがはにかんだ。この日の彼女は、黒のパンツスーツを着ていた。

「昔と変わらないね、全然」

彼女の声は、やっぱり久川綾さんに似ていた。とても綺麗な声だった。

「森くんも、それほど変わっていないと思います。……ただ、少し、痩せましたか？」

「そうだね。三キロくらい。ここのところ、ちょっと仕事が忙しくて」

どちらともなく、私たちは空いた席に並んで腰を下ろした。参加者はみな食事に出てしまっていて、映画館のように前に向かって傾斜した、やたらと広い会場には、もう誰も残っていなかった。

「今も、神戸の製薬企業で働いてるの？」

「はい。森くんは確か、名古屋の化学メーカーでしたよね」

「うん。ようやく仕事が面白くなってきたところ。今、新しいテーマを立ち上げようとしてるんだ」

私は腕を組み、何も映っていないスクリーンに目を向けた。いつか、羽生さんと二人で学会に参加したことが自然と思い出されたが、それは痛みを伴わない、記憶の一コマでしかなかった。

「……あの、森くんは、その、ご結婚は」

ためらいがちに真野さんが尋ねてきた。「一度もしてないよ、バツゼロ」と私は答えた。

「そうですか。……あの、込み入ったことを聞くようで恐縮なんですけど……昔、非常階段で電話をされてましたよね。雪宮さんって方と。その人とは、うまくいかなかったんでしょうか」

「ははっ」思わず笑ってしまった。懐かしい名前だった。「いつか阿久津が言ってたアレだ。真野情報」

「えっ。あ、私はその、別に盗み聞きするつもりはなくて、屋上にいたら、たまたま聞こえてきて」

「いいよいいよ、聞かれて困るような話はしてなかったから」

「そ、そうですか。その節はどうも申し訳ありませんでした」

隣を見ると、真野さんは慌てて目を逸らした。その挙動不審っぷりに私は苦笑した。

「……彼女とは、結局何もなかったよ。向こうには悪いことをしたと思ってる。あの頃、俺、他に好きな人がいたんだ。その恋が叶わないからって、その子のことを代役みたいに考えてた。好きでもないのに、好きになろうと思ってた。そんなんじゃうまくいくはずなかったたし、無理に付き合ったりしなくて正解だったと思うよ。そうなってたら、たぶん、お互いにもっと傷ついてたんじゃないかな」

ずっと誰にも言えなかった本当の気持ちが、抵抗なくするすると出てきた。ああ、自分も歳を取ったんだな、と私は思った。

「……好きな方がいたんですか」

「そう。同じ研究室の、羽生さんって人。真野さんと面識は……どうだったっけ」

「学内で見かけたことはありましたが、話したことはなかったですね」

「そっか。じゃあ、何も知らないよね」

「ええ。金田さんも、私には何も……」

「いろいろあったんだ。ホントに、いろいろなことがね……」

私は羽生さんとの間に起きた出来事を、真野さんに語った。あれだけ苦しかった時代のことでも、これほど穏やかに喋れるものなのだなと感心するほど、私は淡々と、そして赤裸々に当時のエピソードを話した。

「——ということで、就職する直前に携帯電話を新しくしちゃったんだ。だから、もう昔の知り合いとはまったく連絡を取ってなくて……」

私はそこで口を閉ざした。隣の席で、真野さんが静かに泣いていた。なぜ彼女が涙を流すのか理解できず、「え、え、どうしたの」と私は覿面に狼狽《ろうばい》した。

「……ごめんなさい、急に涙が出てきて」

恥ずかしそうに笑って、真野さんはハンカチで涙を拭いた。

「森くんの話を聞きながら、いろんなことを考えてしまいました。あの時こうしていれば、みんながもっと幸せになれる可能性もあったんじゃないかって、そう思ったら、自分が情けなくなってしまって……」

「そんな。真野さんが責任を感じることなんてないよ」

「……なくはないんです」真野さんは畳んだハンカチを膝の上に置き、スクリーンの上部に視線を向けた。「私、森くんに片思いしていたんです」

「はっ？」

予期せぬ告白に、私は口を半開きにして固まった。

「学部時代の学生実習で近くにいましたよね、一年間。あの頃から、いいなと思っていたんです。……でも、それを伝えることはできませんでした。伝えたから、それで森くんが幸せになれたなんて、そんな大それたことを考えているわけではないんです。でも、言っていたら何かが変わったかもしれないと、そう思いました」

私はこの日まで、一切、これっぽっちも真野さんの想いに気づいていなかった。開きっぱなしだった口を閉じ、「そっか」と私はため息をついた。

「……確かに、いい方に転ぶか悪い方に転ぶかは分からないよね。けど、変化があったのは間違いないと思う。誰かに好きって言われたことさえなかったから、今、すごくふわふわした気分だよ。あの頃に聞きたかったよ、正直」

「もう、手遅れですか」

「そりゃそうじゃない？」

私は、過去にはもう戻れないのだ、というつもりで言った。だが、真野さんは私の言葉の意味を勘違いしたらしい。彼女は会場の空調の音に消え入りそうな声で、「私の気持ちは、昔と変わっていないです」と囁いた。

「え……あ、ああ、そうなんだ」

恋愛慣れしている男性なら、ここで気の利いたセリフの一つや二つは言えたかもしれないが、私は相変わらず恋愛初心者のままで、頭の中が真っ白になってしまっていた。かろうじて出てきたのは、「……ありがとう」という弱々しい呟きだけだった。

「いえ、そんな、こちらこそ……ありがとうございました。ちゃんと伝えられてよかったです」

私たちはそこで互いに黙り込んだ。

一度深呼吸をしてから、私は再び口を開いた。

「ちなみに、真野さんは独身なの？」

「……はい。というか、誰とも付き合ったことがないんです」

「今の今まで？」

「そうです。今の今まで」

「そっか。それはなんていうか、お互い、かなり奥手って感じかな」

会話が弾みそうにない感想を言って、私は腕を組んだ。この時、真野さんは私からのアプローチを期待していたのかもしれない。しかし、「じゃあ、さっそく付き合おうか」と気軽に提案することも、「学会なんか抜け出してホテルに行こうよ」と誘うことも、私はしなかった。というより、できなかった。

私はしばらく悩んで、「とりあえず、改めて連絡先を交換しようか」と提案した。

「いいんですか？　私、眼鏡を掛けていませんが……」

「気にしなくていいよ、そんなこと」と私は言った。本当に、どうでもいいと思った。

「あ、すみません……」と真野さんが顔を赤らめた。「異性として連絡先を知りたいわけじゃなくて、『とりあえず』ですものね」

「えっと、俺としてはとにかく、真野さんともうちょっと親しくなりたいな。うん」

「そ、そうですか。では、よろしくお願いいたします」

ぎこちなく赤外線通信をして、私と真野さんは互いの情報を交換した。

それきり、私たちはまた沈黙した。学会の昼休憩は一時間半もあって、会場にはまだ誰も戻ってきていなかった。

「私の会社に、小説を書いている人がいるんです」

ふいに、真野さんがそう言った。

「小説？」

「はい。私と同期入社の男の人なんですが」

「へえ、それは趣味で？」

「いえ、ミステリーの賞を取って、デビューされています。兼業作家と言うのでしょうか。書いた本はちゃんと書店に並んでいます」

「そうなんだ。すごいね」

「この間、同期で集まった時に、彼は『次の小説のネタを探している』と言っていました。だから、森くんが経験したことを、小説にしてもらうように頼んだらどうかと」

「俺の話を？」

私は自分の顔を指差した。それは、思ってもみなかった提案だった。

「こういう言い方は、ひょっとすると気に障るかもしれませんが、森くんの修士課程の二年間は、すごくドラマチックだと思いました」

「……そうだね。物語が書けるくらい、いろんなことがあったね。バッドエンドだけど」と私は頷いた。

「そういう辛い経験を本にすることは、意味のあることだと思うんです。本を読んだ方は、こんな風になりたくないと思うはずですよね。失敗しないように、後悔しないように、慎重に行動するようになるのではないでしょうか」

「教訓にしてもらうわけだね。なるほど」

真野さんの言いたいことはよく分かった。もし、そんな本を読んでいたら、私は恋愛で大きな失敗を犯さずに済んでいただろう。少なくとも、傷はもっと浅かったはずだ。

「……その人がなんて言うか分からないけど、話はしてみようか」

「いいんですか？」

うん、と私は頷いた。

「理系の先輩として、不幸な後輩は一人でも減らしてあげたいからね」

――私もまた、願ってやまない。

恋する理系男子にも、恋する理系女子にも、いつか幸せが訪れますようにと。

この物語が、その一助になれば幸いである。

解　説

吉田伸子

森くん、アウト～っ！（「ガキの使いやあらへんで」のケツバット宣告の口調でお読みください）

本書を読んでいて、何度心の中でそうやって突っ込んだことか。サッカーならイエローカードどころか、一発退場のレッドカードもののあれこれを、我らが主人公、森くんはやらかしまくるのだ。

森くん、というのは本書の主人公で、視点人物でもある。ただし、本書を書いているのは森くんではない。森くんのことをよく知る人物である「私」が、職場の同僚であり、兼業作家でもある喜多喜久氏に執筆を依頼した、という経緯（やや、ややこしや、である）がある。その理由は、冒頭の「原作者より、この本を手に取ってくださったあなたへ」を読めばわかる。要は、大学院での二年間、明らかに「バカヤロウ」だった森くんの物語を描くことで、森くんと「同じ轍《てつ》を踏んだ挙句、終わりの見えない苦しみを味わう人間をなるべく減らす」ことが目的なのである。とりわけ、「女性との接点の少ない理系男子」に向けて。そう、本書は男子（とりわけ理系男子）が恋愛において、〟やってはいけないマニュアル〟なのだ。

大学名こそ明示されてはいないものの、森くんが所属するのは、日本で最も偏差値が高いとされている東京大学農学部である。四年生の時に「天然物合成科学研究室」に入り、大学院でもその研究室で学ぶことに。と、この経歴からも分かるように、森くんは馬鹿ではない。いや、頭脳だけで言うなら、馬鹿とは正反対に位置する。なんたって、東大の大学院！　そんじょそこらのオツムで入れるところではないのだ。にもかかわらず、森くんが何故「バカヤロウ」になってしまったのかと言えば、それは彼が恋をしたからだ。

相手は、森くんが修士課程一年生の時、卒業研究のために某私大からやって来た羽生さん。ただでさえ、女子に対する免疫が皆無だった森くんは、初対面で羽生さんにころっと参ってしまう。元来の「眼鏡っ子萌《も》え」遺伝子を持つ森くんには、眼鏡っ子の羽生さんはそれだけでポイントが高かったこと、顔つきの印象も「マル」だったこと、目つきに特徴があったこと（常にまぶたが三重になっている）。まぁ、要は一目惚れ、というやつですな。

やがて、羽生さんは森くんと同じ助教授の下で研究をすることに。必然、修士一年の森くんは、羽生さんの「兄弟子」のポジションに。これが、森くんには吉と出た。ただでさえハードルの高い女子との会話を、「『先輩として、しっかり助けてあげねば』という暗示を掛けることで」乗り越えたのだ。というか、会話するにも暗示が必要なんかい！でもまぁ、これくらいならケッバットにはならない。

それまでの森くんは、こっそりと孤独だった。孤独であることが森くんの常態だった。大学入学を機に、田舎から上京。学内に知り合いは誰もいない。サークルにも入らなかった。知らない人ばかりの集団に飛び込んでいく勇気がなかったからだ。そんな自分の臆病さが、「ステキなキャンパスライフ」から自分を遠ざけたのかもしれないこともわかっている。森くん、何と卒業式に出ていないんですよ。日取りを一日勘違いしていたことを指摘してくれる知り合いが一人もいなかったから。卒業式の当日、森くんは実験室で一人、フラスコを洗っていたのだ。

そんなのアリなの？　と思える読者は幸いである。いや、私もそう思ったが。でも、世の中には、森くんと同様な理由で、卒業式に出そびれた理系男子がいるかもしれないのだ。そして、そんな男子のために、本書は、ある。

話がそれた。森くんは、孤独な男子学生にありがちなオタク文化にのめり込む。アニメの新番組はすべてチェック、深夜の声優のラジオ番組もチェック、月一で秋葉原の中古ＣＤ店でアニメ関連のＣＤを漁《あさ》りまくる、という典型的なアニオタ。もちろん、そんなことは羽生さんにカミングアウトできるはずはなかった。はずはなかったのだが、あろうことか、羽生さんがアニメ好きだと分かる。もっとも、森くんが好きなコアなものではなく、メジャーアニメだったのだが、それでもこのことは、森くんの羽生さんへの恋心を決定的にした。以後の森くんを表すのに相応《ふさわ》しい言葉、それは「メロメロ」である。

当初は森くんも、おそるおそるだった。他愛もない、当たり障りのない会話を羽生さんとできるだけで、森くんは十分に幸せだった。積極的に羽生さんにアプローチなどできるはずもない森くんは、けれど、毎日羽生さんに「お疲れさま」を言う。それだけで十分だった。けれど、同じ研究室の涌井さんが、森くんと同級生の金田さんと付き合い始め、腕を絡めて帰っていったりするのを見るうちに、森くんはそれだけでは満足できなくなっていく。きっかけは、研究室の飲み会で、羽生さんとの会話が弾んでいた時、一瞬だけ羽生さんが森くんの膝に触れたことだった。中学時代のフォークダンス以来（！）の異性との接触は、森くんに「誰かと触れ合うことは気持ちがいい」という真理を思いださせてしまったのだ。

この〝膝タッチ〟によって、お酒の酔いも加わって、何と、飲み会後、森くんは羽生さんの家に電話をして、告白！　してしまう。「好きになっちゃったみたいなんだ」と。よかったら、付き合ってくれないか、と。森くん、アウト～～っ！　はい、ここで出します、ケツバット。森くん自身には、それ以前の流れがあって、飲み会での羽生さんとの会話&膝タッチ、が決定打になったことは分かる。分かるけれど、これ、羽生さんの立場になったら、寝耳に水！　寝耳に氷水！

ここで、森くんはケツバットよりも痛い宣告をされる。羽生さんからの返事は、「あの……ごめんなさい。私、彼氏がいるので」。森くん、天国から地獄へ真っ逆さま。そもそも、どうして羽生さんに彼氏がいるかも、という想像力が働かんのだ？　とか、酔って電話で告白はないだろうとか、色々あるけれど、失恋は辛《つら》いよね。どんなシチュエーションでも。失恋の痛手は、万人に共通だからね。

失恋で落ち込む森くんは、めそめそ泣くわけです。ま、泣くよね、それは。そしてあろうことか、泣いているところを羽生さんに見られてしまうのだ。羽生さんはそこで、言ってはいけないことを言ってしまう。タイミングが悪くてごめんなさい、と。彼氏と付き合い始めたばかりだったので、と。そして、もし付き合っていなければ、森くんの告白にOKしてたかも、と。羽生さん、アウト〜〜っ！　そんなこと言ってはいけません。それはね、気をもたせる、というのですよ。とはいえ、研究室の先輩との関係が悪くなるのは嫌だ、という羽生さんの気持ちも分かるんだけど。

かくして、森くんはその言葉で復活。そして、そこから、森くんの恋の暴走が始まるのだ。とりわけ、研究室旅行で出向いた先での出来事が、もうね、理系男子として、という以前に、男子として如何《いかが》なものか、な超ケツバット級のことをやらかすわけです。

その後も、やってはいけないことを繰り出す繰り出す。どういうことを森くんがやらかすのかは、ぜひ本書を読んでください。森くんだけが悪いわけではなく、羽生さんにもスキがあるというか、脇の甘さはあるのだけど、それでも、森くんの明後日の方向へ暴走する様は、読んでいて切ない。

恋は人を愚かにする。というか、頭がちょっとおかしな状態になってしまうのが恋なのだと思う。森くんのやらかしは正当化できないけれど、それでも、誰かをひたすらに想う気持ち、その想いが叶うことがないという残酷さ、切なさ、は理系文系問わず、共通していることだ。本書のラストのほうで、森くんは決定的に傷つくのだが（この件に関しては、羽生さんにケツバット、しかも二発くらい叩いてもいい、と私は思う。たとえ酔っていたとしても、あれはないわー、羽生さん）、そのことで森くんは完全に羽生さんを吹っ切る。

本書のエピローグで、大学院を修了して丸九年過ぎようとした頃の森くんが描かれているのだが、そこにはちょっとしたサプライズがある、とだけ書いておく。願わくは本書が、理系な人たちにとっての、恋の〝反バイブル〟となりますように。

（よしだ・のぶこ　書評家）

本書は、集英社文庫のために書き下ろされた作品です。

喜多喜久の本

真夏の異邦人

超常現象研究会のフィールドワーク

オカルト研究サークルに所属する星原は、フィールドワーク先の村で不思議な美少女と出会う。まるで宇宙人のような彼女の正体と村で起こった凄惨な事件の関係は？　ＳＦ青春ミステリー。

集英社文庫　目録（日本文学）

鎌田實　なげださない
鎌田實　いいかげんがいい　たった1つ変わればうまくいく 生き方のヒント幸せのコツ
鎌田實　がんばらないけどあきらめない
鎌田實　空気なんか、読まない
鎌田實　人は一瞬で変われる
神永学　イノセントブルー　記憶の旅人
加門七海　うわさの神仏　日本闇世界めぐり
加門七海　うわさの神仏 其ノ二　あやし紀行
加門七海　うわさの神仏 其ノ三　江戸TOKYO陰陽百景
加門七海　うわさの人物　神霊と生きる人々
加門七海　怪のはなし
加門七海　猫　怪　々
香山リカ　NANA恋愛勝利学
香山リカ　言葉のチカラ
香山リカ　女は男をどう見抜くのか

川上健一　宇宙のウインブルドン
川上健一　雨鱒の川
川上健一　ららのいた夏
川上健一　翼はいつまでも
川上健一　四月になれば彼女は
川上健一　渾身
川上弘美　風花
川西政明　決定版評伝　渡辺淳一
川端康成　伊豆の踊子
川端裕人　銀河のワールドカップ
川端裕人　今ここにいるぼくらは
川端裕人　風のダンデライオン　銀河のワールドカップ ガールズ
川端裕人　雲の王
川村二郎　孤高　国語学者大野晋の生涯
川本三郎　小説を、映画を、鉄道が走る
姜尚中　在日

姜尚中・森達也　戦争の世紀を超えて　その場所で語られるべき戦争の記憶がある
姜尚中　母　―オモニ―
姜尚中　心
神田茜　ぼくの守る星
木内昇　新選組　幕末の青嵐
木内昇　新選組裏表《うらうえ》録　地虫鳴く
木内昇　漂砂のうたう
喜多喜久　真夏の異邦人　超常現象研究会のフィールドワーク
喜多喜久　リケコイ。
北杜夫　船乗りクプクプの冒険
北大路公子　石の裏にも三年　キミコのダンゴ虫的日常
北方謙三　逃《の》がれの街
北方謙三　弔《ちょう》鐘《しょう》はるかなり
北方謙三　第二誕生日
北方謙三　眠りなき夜
北方謙三　逢うには、遠すぎる

集英社文庫　目録（日本文学）

北方謙三　檻《おり》
北方謙三　あれは幻の旗だったのか
北方謙三　渇きの街
北方謙三　牙
北方謙三　危険な夏―挑戦Ⅰ
北方謙三　冬の狼―挑戦Ⅱ
北方謙三　風の聖衣―挑戦Ⅲ
北方謙三　風群の荒野―挑戦Ⅳ
北方謙三　いつか友よ―挑戦Ⅴ
北方謙三　愛《いと》しき女たちへ
北方謙三　傷痕　老犬シリーズⅠ
北方謙三　風葬　老犬シリーズⅡ
北方謙三　望郷　老犬シリーズⅢ
北方謙三　破軍の星
北方謙三　群青　神尾シリーズⅠ
北方謙三　灼光　神尾シリーズⅡ
北方謙三　炎天　神尾シリーズⅢ
北方謙三　流塵　神尾シリーズⅣ
北方謙三　林蔵の貌《かお》(上)(下)
北方謙三　そして彼が死んだ
北方謙三　波王《はおう》の秋《とき》
北方謙三　明るい街へ
北方謙三　彼が狼だった日
北方謙三　罅《ひび》・街の詩《うた》
北方謙三　皸《ひび》・別れの稼業
北方謙三　草莽《そうもう》枯れ行く
北方謙三　風裂　神尾シリーズⅤ
北方謙三　風待ちの港で
北方謙三　海嶺　神尾シリーズⅥ
北方謙三　雨は心だけ濡らす
北方謙三　風の中の女
北方謙三　コースアゲイン
北方謙三　水滸伝一～十九
北方謙三・編著　替天行道―北方水滸伝読本
北方謙三　魂の岸辺
北方謙三　棒の哀しみ
北方謙三　君に訣別の時を
北方謙三　楊令伝一　玄旗の章
北方謙三　楊令伝二　辺烽の章
北方謙三　楊令伝三　盤紆の章
北方謙三　楊令伝四　雷霆の章
北方謙三　楊令伝五　猩紅の章
北方謙三　楊令伝六　徂征の章
北方謙三　楊令伝七　驍騰の章
北方謙三　楊令伝八　箭激の章
北方謙三　楊令伝九　遥光の章
北方謙三　楊令伝十　坡陀の章
北方謙三　楊令伝十一　傾暉の章

集英社文庫　目録（日本文学）

集英社文庫

リケコイ。

2016年10月25日　第1刷　　定価はカバーに表示してあります。

著　者　喜多喜久《きたよしひさ》

発行者　村田登志江

発行所　株式会社 集英社

東京都千代田区一ツ橋2-5-10　〒101-8050

電話　【編集部】03-3230-6095

【読者係】03-3230-6080

【販売部】03-3230-6393(書店専用)

印　刷　株式会社 廣済堂

製　本　株式会社 廣済堂

フォーマットデザイン　アリヤマデザインストア　　マークデザイン　居山浩二

ISBN978-4-08-745507-6 C0193